Ancrées dans le Nouvel-Ontario, les Éditions Prise de parole appuient les auteurs et les créateurs d'expression et de culture françaises au Canada, en privilégiant des œuvres de facture contemporaine.

Éditions Prise de parole
C.P. 550, Sudbury (Ontario)
Canada P3E 4R2
www.prisedeparole.ca

Nous reconnaissons l'aide financière du gouvernement du Canada par l'entremise du Fonds du livre du Canada (FLC) et du programme Développement des communautés de langue officielle de Patrimoine canadien, ainsi que du Conseil des Arts du Canada, pour nos activités d'édition. La maison d'édition remercie le Conseil des Arts de l'Ontario et la Ville du Grand Sudbury de leur appui financier.

Canada

ONTARIO ARTS COUNCIL
CONSEIL DES ARTS DE L'ONTARIO
an Ontario government agency
un organisme du gouvernement de l'Ontario

Greater Grand Sudbury

Conseil des arts du Canada
Canada Council for the Arts

L'enfant-feu

De la même auteure

Parce que chanter c'est trop dur, roman, Sudbury, Éditions Prise de parole, 2007.

Jeudi Novembre, roman, Sudbury, Éditions Prise de parole, 2011, prix Trillium et prix Émile-Ollivier.

Cinquante exemplaires de cet ouvrage ont été numérotés et signés par l'auteure.

Michèle Vinet

L'enfant-feu

Récit

Éditions Prise de parole
Sudbury 2016

Œuvre en première de couverture : Olivier Lasser d'après iStock / Casarsa
Conception de la première de couverture : Olivier Lasser
Édition : Miriam Cusson et denise truax
Correction d'épreuves : Chloé Leduc-Bélanger, Suzanne Martel

Diffusion au Canada : Dimedia

Catalogage avant publication de Bibliothèque et Archives Canada
Vinet, Michèle, 1946-, auteur
L'enfant-feu / Michèle Vinet.
Publié en formats imprimé(s) et électronique(s).
ISBN 978-2-89423-966-7. – ISBN 978-2-89423-967-4 (PDF). –
ISBN 978-2-89423-968-1 (EPUB)
I. Titre.
PS8643.I64E64 2016 C843'.6 C2016-905126-9
C2016-905127-7

ISBN 978-2-89423-966-7 (Papier)
ISBN 978-2-89423-967-4 (PDF)
ISBN 978-2-89423-968-1 (ePub)

Pour Laurier, Genève et Raphaëlle

Car le feu qui me brûle est celui qui m'éclaire.
Étienne de la Boétie

Épisode 1

La conversation du feu guérit de tout.
Christian Bobin, *La grande vie*

Ei – i

Trépasser. *Trrrépassser*: tambour roulant et beau serpent sur la langue. Je le répète et le répète. Lentement. Pour le plaisir de reproduire les sons. Selon maman, ça signifie mourir. Serpent poison ? J'aime un peu moins ce mot, depuis.

Comme tante Auxilia est morte, elle est donc trépassée. Beaucoup de trépassés dans ma famille. Tous au cimetière. Des anges de marbre veillent sur eux. À l'école, dans mon catéchisme, il y a des anges de toutes les sortes.

La plupart des anges froufroutent en robes de soie dans le ciel. J'aime dire froufrou. C'est comme donner des bécots aux anges. Dans les images du catéchisme, leurs ailes sont si grandes qu'elles frappent aux portes de la maison du bon Dieu. C'est leur façon de cogner pour qu'on les laisse entrer au paradis. Lorsque les anges sont fatigués, ils s'arrêtent sur un nuage pour souffler un peu. Ils ont vite froid aux pieds. Ils ne portent pas de chaussures. Je ne sais pas pourquoi.

Selon sœur Marie-du-Précieux-Sang, nous avons

tous un ange gardien. La sœur dit même qu'il y a un archange qui porte mon nom. J'ai un peu peur des archanges. Leurs ailes sont immenses, plus grandes encore que celles des anges ordinaires. Ils brandissent des glaives. J'ai vu ça dans un livre. Les enfants de ma classe se moquent de moi parce que je porte un nom de garçon. Je me défends en disant que je porte le nom d'un ange. D'un *archange*, si vous voulez savoir. Et quand je dis ça, j'ai des glaives dans les yeux. Le mot glaive chatouille les lèvres.

Tous les soirs, quand je fais ma prière-dodo, maman m'invite à demander la protection de mon ange gardien. Je lui demande surtout de m'aider dans cette chose terrible : l'arithmétique. Quand c'est la leçon d'arithmétique, mon cœur est un glaçon rouge qui fond, goutte à goutte, sans faire de bruit. Si je continue à faire de l'arithmétique, un jour mon cœur fondu laissera des flaques de rouge partout.

Je prie, mais mon ange gardien ne vient pas à mon secours. Tous les jours, ces leçons font demi-tour au bord de mes oreilles. Je suis nulle en arithmétique, mais la championne des dictées, du catéchisme, de la jo-et-graphie et, bien sûr, des anges. Ce que j'aime le plus à l'école ? Les livres de lecture.

Pour Noël, nous allons monter la scène de la crèche. Il y aura Joseph, Marie, les Rois mages et les bergers. Les malcommodes de la classe joueront les brebis et les moutons. Pas nécessaire d'être fin finaud pour jouer un mouton. Pour le petit Jésus, on prendra la poupée en chiffon, défraîchie et décousue. Je trouve ça insultant. Un Jésus borgne aux orteils vernis ! Ça prendrait ma poupée de porcelaine, mais elle est trop belle. Je ne sais pas s'il existe des poupées garçon, je n'en ai jamais vu. Le concierge va construire une crèche pour la pièce de Noël. L'enfant qui jouera l'Ange montera dans son escabeau pour se percher sur le toit et accueillir Jésus.

Je ne dors plus. Je ne mange plus. Je supplie mon ange gardien à tout moment. Pas pour l'arithmétique, mais parce que je veux être l'Ange de Noël. J'en ai parlé à ma tante la chapelière. Une chapelière fabrique des chapeaux. Elle va me confectionner des ailes de dentelle rembourrées et piquées de plumes avec une ouverture où passer les bras. L'Ange pourra battre des ailes pour annoncer la naissance de Jésus. Avec son gros moulin à pédale, maman a promis de me coudre une tunique blanche avec un liseré bleu pour évoquer le ciel infini. C'est son idée et je trouve ça très beau.

En attendant la distribution des rôles, je mets le plus d'effort possible à toutes mes tâches scolaires. Je lève la main, sauf en arithmétique. Je range mes cahiers et mes crayons avec soin dans mon pupitre. Je garde mon cahier propre, même si je suis gauchère. Mon papa a insisté auprès de la sœur. Il a été très sévère, mon papa. Il a dit: «Ma Sœur, ma fille est gauchère. Au revoir, ma Sœur.» On ne discute pas avec mon papa. Puisque l'Ange n'aura rien à écrire, je l'ai échappé belle, parce que les anges ne sont pas gauchers.

Nous allons tous faire pipi ensemble et, par précaution, je ne bois pas mon lait à l'heure du dîner, au cas où. Je ne veux rien manquer. Aussi, j'articule bien, car l'Ange de la crèche aura à dire: «Voici l'Enfant divin. C'est le Messie.» Je ne sais pas ce que ça veut dire, mais je trouverai. Avant de me coucher, je répète ces mots dans le miroir en m'efforçant de bien prononcer.

Ma voix de petite fille ne convient pas aux anges. Je me gourme alors, baisse le ton et pèse mes mots afin de les rendre nobles et solennels. Dans ma tête, j'entends l'Ange. Sa voix est un ruisseau doré, alors j'imagine que je mets de l'or dans la mienne.

Pour mériter mon rôle, je suis polie, obéissante, et je fais tous mes devoirs. Je suis une élève modèle. Un Ange parfait.

Parfois, quand la sœur donne une leçon d'arithmétique, je n'écoute pas. C'est la faute de mon ange gardien, qui me cache le tableau noir de la classe. Il se penche sur moi et me fait voir, au lieu, des scènes de satin qui imitent les couleurs du ciel, sa douceur et ses humeurs. Les sourires de mon ange sont comme ceux de maman. Son rire ressemble au clapotis des vaguelettes de la rivière qui coule derrière la maison. Clapotis, *ça* c'est un beau mot. Quand je le dis, on dirait qu'un vent-bisou me soulève. Je pars alors avec mon ange vers notre lieu secret tout en demeurant assise, bien sage, dans la deuxième rangée de la classe de première année.

Je ne sais pas où, au juste, se trouve le monde de mon ange. Avec mon papa, nous l'avons cherché sur une grande carte, mais je n'y ai vu que des continents. J'ai expliqué à papa que je cherchais un nouveau monde, mais mon papa dit que c'est ici le Nouveau Monde, avec des lettres majuscules. Je crois qu'il ne comprend pas. Quand je fais ma prière, je demande à mon ange gardien de continuer à me faire découvrir cet endroit merveilleux, introuvable dans mon livre de jo-et-graphie. Encore aujourd'hui, en pleine leçon, je suis retournée là-bas. Pas surprenant. L'arithmétique, c'est un monde fermé à clé, impénétrable pour moi. Du poison. Comme trépasser.

Dans mon pays préféré, il n'y a ni addition ni soustraction. Je ne veux pas revenir en classe. Je veux rester là où il n'y a que félicité. Un mot du catéchisme, félicité. Comme dans *félicité éternelle*. Je suis remplie de félicité quand je m'échappe. J'invente toute une palette de bleus pour donner plus de liberté au ciel. Un peu de vert, un peu de jaune aussi, pour qu'il évite de s'ennuyer. Mais pas de rose. Rose, ça fait gomme balloune, et l'odeur de la gomme balloune donne mal au cœur à maman. Je n'ai pas le droit d'en mâcher. Alors pas de ciel rose.

Dans mon pays sans nom, il y a des fleurs que je n'ai jamais vues ni senties. J'en ai trouvé de très jolies aux noms charmants dans le livre de botanique de papa. J'imagine les parfums de giroflée et de fleur d'amande, de capucines et de coquelicots. La sœur ne sait pas où je vais. Parfois, elle me demande si je suis dans la lune. Oh non! ma sœur, pas dans la lune. Mon pays est beaucoup, beaucoup plus loin.

J'ai vomi toute la nuit. Petit estomac faible, dit maman. Elle m'a fait boire de l'eau et du jus de pomme. Je tremble en dedans. C'est la journée de l'annonce. La distribution des rôles se fera en après-midi. Je pars pour l'école les yeux cernés et le teint vert, mais je serai le plus bel ange aux cheveux bouclés. Maman me fera des tire-bourres avec du papier ciré et le fer chaud. Mes ailes de dentelle et de plumes feront l'envie de toutes les petites filles de ma classe. Ce sera du jamais vu à mon école. Je serai radieuse et lumineuse. Je rayonnerai de félicité.

L'annonce se fera après la récréation. Je ne tiens plus en place. Trop long. J'ai besoin de m'enfuir. Là-bas, je ne suis pas une gamine à nom de garçon, gauchère en plus. Je suis une petite fille de l'ici et de l'au-loin aussi. De très l'au-loin. Si elle voyait dans ma tête, la sœur n'hésiterait pas à m'accorder le rôle de l'Ange de la crèche. Je lui ouvrirais un royaume fabuleux, je lui ferais voir un ange d'or et d'argent comme ceux des livres d'Histoire sainte.

Pour la pièce de Noël, je saurai répéter les gestes et le sourire des messagers célestes. Céleste, c'est ce qui vient du ciel. Je suis petite, mais je sais reconnaître le céleste. Lorsque je n'écoute plus, c'est que je suis dans le céleste et dans l'au-loin, où les chiffres ont trépassé. Mon cœur gronde comme un volcan qui menace de faire irruption. Non, *éruption*. Irruption, c'est ce que fait mon ange durant les leçons d'arithmétique.

Nicole? Nicole? Non! Impossible! Nicole ne connaît pas la félicité! Il n'y a ni couturière ni chapelière dans sa famille. Ses ailes seront laides, indignes de l'Ange de la crèche. Elle ne saura pas les déployer avec grâce. Non! Non! Non!

Je vomis sur mon pupitre, sur mes pauvres mains jointes. La sœur me demande si j'ai mal au ventre. Non, je n'ai pas mal au ventre. J'ai mal à mes ailes de dentelle, aux répliques de l'ange. J'ai mal à la félicité éternelle.

Soudain, je ne suis plus là. Mon ange gardien fait irruption dans la classe. Il vient me chercher et notre envolée me calme. Me voilà au pays des orchidées et des lauriers. Je respire leurs odeurs étourdissantes. Je sais lire dans les yeux de la lumière céleste et créer des pays fleuris où les sœurs et les salles de classe s'effacent.

Lavée et calmée par la sœur directrice, je retourne en classe. J'ai le cœur écrasé. On dirait qu'il est passé dans le tordeur, comme quand maman fait son lavage et qu'elle passe les vêtements au tordeur. À l'heure du dodo, consolée par mon papa, je regarde des images d'anges dans un grand livre. Je comprends tout à coup. Je n'ai pas les cheveux blonds.

C'est le jour du concert de la crèche. Je joue d'un petit triangle. Je le cogne avec dépit, la rage derrière les dents. Dépit? Un gros chagrin causé par une déception. La sœur dit que la douce musique du triangle marquera l'arrivée de l'Enfant-Jésus. Je porte une cape et, sur la tête, une espèce de boîte ronde en carton recouvert de tissu avec un long ruban à grelots. Ridicule, mais je souris pour la photo. Maman m'applaudit. Elle sait que j'ai le cœur en miettes, comme les miettes de pain sur la nappe, le matin, quand le déjeuner est terminé et que le pot de confiture est refermé.

Nicole a des ailes de chauve-souris. En papier. Aucun liseré sur sa robe trop longue. Elle trébuche en montant l'escabeau qui mène au toit de la crèche. Une de ses ailes se déchire et pendouille. Elle bafouille ses deux répliques. Elle a dit messie ou vessie? C'est un peu méchant, mais je m'en réjouis.

J'ai cinq ans. C'est la pièce de Noël à l'école. Je chante: «Il est né le divin Enfant» et je pioche sur un triangle. J'ai de la peine. L'Enfant du ciel n'a pas reçu la bienvenue qu'il méritait. Moi, j'aurais salué sa venue parée de dentelle faite à la main et avec une diction parfaite. Il aurait été un vrai Messie.

Du jaune, du vert, du mauve dans l'air. Tourbillons chauds sur ma peau. Des mains invisibles sur ma gorge. Un orage monte jusqu'à ma bouche, jusqu'à mes yeux. Mon courage pleure. Mes ailes de dentelle saignent. Désolation céleste. J'essuie mes larmes furie. Rouge dans mes mains, sur ma tunique. Maman s'empresse. Un mouchoir sous mon nez.

Four dans ma tête.

Fournaise dans mon cœur.

Je suis l'enfant-feu.

Ei – 2

Des messieurs vêtus de X jaunes placent de la dynamite ici et là sur la rivière et s'éloignent. Un long coup de sifflet, quelques secondes, mon cœur qui toque fort, fort, et BOUM ! L'explosion !

Le printemps grince sous la glace, mais je n'ai pas peur. De la fenêtre de ma chambre, j'observe les bouillons. Cristal de glace au soleil. Aussi beau que mon pays sans nom.

Un petit canal est découpé dans la peau blanche de la rivière. L'eau réveillée s'agite comme une bête effarouchée. J'aime le fracas. En pleine débâcle, la rivière rugira. Rugir, ça veut dire crier fort comme un lion. La rivière rugira et les os de l'hiver se briseront sous mes yeux. Dans la maison, j'attends. Je marche sur le bout des orteils pour tout entendre. Mon papa surveille. Les frissons du danger s'accrochent à ses soupirs.

« Potron-minet », c'est ma cousine qui a trouvé ce mot magnifique pour dire le matin. Personne dans ma classe ne le connaît. Même pas sœur Marie-du-Précieux-Sang. À potron-minet, je vais voir si la surface de l'étroit canal a gelé. Je n'ai pas la permission d'aller plus loin que la clôture au bout de la rue. Là-bas, sous une mince couche de glace, l'eau s'enrage. L'an passé, le petit voisin d'en face s'est noyé.

Le dimanche, Jean-Pierre vient souvent chez sa grand-mère, notre voisine. Sa maman est très belle. Maman dit qu'elle est la bru de madame Charette. Une bru? Très jolie, cette bru. Lorsqu'il est en visite, Jean-Pierre vient jouer avec moi. Aujourd'hui, il est curieux. Il veut voir de près le petit canal découpé dans la glace. Il n'habite pas près de la rivière; il ne connaît pas son tempérament de printemps. J'explique que c'est dangereux, très dangereux, mais il s'avance quand même jusqu'au milieu de la rivière. Je demeure à la limite de ma permission. Du bout de sa botte, il brise la fine croûte qui s'est formée sur le canal durant la nuit.

Je vois le danger dessiné dans la lumière du ciel. On dirait que la glace fredonne une triste comptine pour Fanfan la Charette. Je lui dis que la rivière va l'avaler. Il trouve ça drôle. Des ailes me frôlent pendant que Jean-Pierre s'amuse à défaire ce que la nuit a tricoté de cristaux transparents. La nuit ne tricote pas, mais j'aime mettre les mots à des endroits particuliers pour faire moins ordinaire.

Je m'époumone: «Reviens, reviens vite, Jean-Pierre.» Et, tout à coup, les mains de l'ogre sortent de l'eau. La rivière saisit la cheville de Jean-Pierre et l'attire dans son noir méchant.

Je quitte mon poste près de la clôture pour le secourir. Son costume de neige est trempé et le courant l'emporte. Je lui donne la main, mais je n'ai pas la force de le tirer de l'eau. Je le supplie de s'accrocher au bord du canal. À toute vitesse, je cours jusqu'à la maison de la grand-mère. Des deux poings à la porte. La maman de Jean-Pierre ouvre. Elle est belle. « Jean-Pierre est dans l'eau. » Elle regarde la flaque d'eau au milieu de la rue. Non, pas là, dans la rivière. Elle s'élance, un oiseau exotique, un tir d'ailes bourgogne. « Par là, par là. » Elle franchit la clôture et se précipite sur la glace en talons hauts. Sa robe rouge est éclatante contre tout ce blanc. La glace craque sous ses pas, mais elle ne prend pas garde. Elle crie : « Jean-Pierre ! Jean-Pierre ! » Son cri me pénètre dans les os. Arrivée à la hauteur de son fils, madame Charette se jette à plat ventre sur la glace. Elle l'attrape par les épaules du costume de neige et le hisse hors de l'eau. Elle se relève avec son enfant dans les bras. Ses talons hauts s'enfoncent dans la glace molle.

J'ai chaud. Je respire mal. Je regarde une femme se battre avec une rivière. Le vent dans les arbres de la rive se met à siffler. La bru et son enfant se transforment. La belle maman de mon ami s'embrouille. Sa robe rouge coule, noire, au contact de l'eau ruisselant des vêtements de son fils. Sur elle, l'eau forme des îles, des continents. Je vois les cerises de France que maman achète l'été. Les plus sombres sont les plus juteuses. Elles dégagent les odeurs mouillées d'un lointain pays. La robe se change en vin de messe, de calice. Elle se charbonne. Une robe charbon. Le froid n'existe plus. Je fixe une femme corbeau dégoulinant et battant de l'aile. Le noir abaisse sur elle son voile, comme celui de la sœur à l'école, comme le pourtour du crucifix sur sa poitrine. Je pénètre dans ce noir, dans ce rouge-noir. L'enfer crie. Les flammes me tourmentent. Je suis perdue dans un incendie qui marche, qui pleure, qui embrasse son enfant.

Moi aussi, je pleure. Je vais me noyer dans les plis de la robe d'un oiseau fabuleux sorti tout droit de ma tête, de mon cœur. Madame Charette souffre son enfant rescapé. Un prêtre en soutane prie sur sa robe, dans ses mains. Je suis ici et dans l'au-loin à la fois. Au pays de l'ange tombé sur la rivière. Je ne veux pas que cette magie s'arrête, que le feu de la robe s'éteigne. Ce monde est encore plus beau que toutes les images de tous mes livres.

On me saisit le bras. C'est maman qui a entendu les cris. Je serai punie. Ce n'est pas grave.

Si je savais dessiner, je ferais d'énormes taches rouges sur une page couleur de rivière glacée, de rivière mangeuse de petits enfants. J'y ajouterais du charbon et de la cendre pour raconter une bru écarlate, une maman descendue dans les bras de la mort pour lui arracher son enfant.

En soirée, madame Charette, la grand-mère, se présente devant mes parents. J'ai sauvé la vie de son petit-fils. Il est transi, mais grâce à ma « présence d'esprit », il est vivant. Ma présence d'esprit ? Les adultes peuvent-ils voir dans le cœur des enfants ? Elle a vu mes apparitions ? Elles sont pourtant communes, les apparitions. Maman dit que Bernadette Soubirous en a eu plein, des apparitions.

Quelques jours plus tard, je reçois une montre en cadeau. Je sais lire l'heure, mais mon temps est dans l'au-loin et d'une autre couleur. J'aurais préféré des cerises d'hiver. Une machine à rejouer les apparitions des enfants fous.

Mon papa arrive, tout fier, brandissant le journal. Un article est paru. *Un bambin sauvé de la noyade dans la rivière.* L'article ne fait pas mention de robe rouge, de talons hauts ni de cerises. J'en retiens seulement que mon nom et celui de mon papa sont mal épelés.

Durant la nuit, le bruit s'amplifie. Dans la cour, les glaces galopent comme des chevaux sauvages menaçant notre maison. Elle vibre. Elle a peur. C'est la pleine débâcle. L'eau monte jusqu'au perron. Le sang et l'enfer grondent à notre porte. Mon papa m'enveloppe d'une grande couverture. Maman porte des sacs de vêtements chauds. Nous montons la rue en courant, l'eau sur les talons. Nous allons nous réfugier chez ma grand-mère maternelle. « Ne sait quand reviendra », dit la chanson, « ne sait quand reviendra ». Un filet de voix dans ma gorge : Mironton, mironton, mirontaine.

Dans les bras de mon papa, je suis au chaud. Ce n'est pas la glace qui menace, ni l'eau. C'est une apparition.

La charpente du réel qui se consume.
Ses crachats rouges enfer.

Ei – 3

Ma tante est la meilleure chapelière de la ville. Son magasin offre toute une gamme de formes et de couleurs. Des chapeaux très élaborés, à voilettes, d'autres garnis de mignons bouquets. Pour l'hiver, des chapeaux en feutre et, pour l'été, de jolis canotiers et des chapeaux de paille à longs rubans. L'énorme chapeau à plume de paon ressemble à celui du Chat botté de mon album illustré. J'aimerais m'en couvrir la caboche et, comme lui, partir en balade en plein magasin.

Ce serait une très belle chanson… sur l'air de ♫ *J'ai perdu le do de ma clarinette.* ♫ *C'est le beau chapeau de la cha-pe-liè-re* (bis). Bis, ça veut dire deux fois. C'est dans le missel. ♫ *Ah, si maman voyait ça, tra-la-la…* Ce serait facile d'inventer des couplets sur les coloris et l'assortiment de plumes.

Quand elle manipule ses chapeaux, ma tante porte des gants. C'est un peu beaucoup cérémonie, mais maman dit que c'est son métier, à la tante, et que c'est ainsi qu'on vend des chapeaux de noces et des chapeaux de deuil. Deuil, comme fauteuil, accueil, écureuil.

J'aime les mots et je les accumule dans une boîte à trésor, ma tête, comme des bijoux précieux.

Chez ma tante la chapelière, les dames portent des gants blancs, des bas avec une couture très droite sur le dos de la jambe, des chaussures perchées et des ensembles de prix. Parfumées et bijoutées, elles affichent des accents prétentieux. Quand je serai plus grande, je m'habillerai à la mode. J'achèterai des chapeaux chez ma tante.

Je suis en visite chez elle lorsqu'un grelot annonce des clientes. Une des dames est tout de suite tentée par une cloche à plumes. Elle la met, l'enlève, la remet, un peu plus à gauche, à droite, sur le front, sur l'oreille. Elle s'admire par-devant comme par-derrière. Ma tante l'ajuste en lui enfonçant le chapeau sur la tête. Elle lui dit qu'il lui va à ravir. Je ne vois pas pourquoi on voudrait porter une cloche. Surtout de ce jaune bizarre. On dirait une cage à perruches toute rouillée. La dame est comme une carte postale arrivée d'un pays tropical. Elle l'enlève, regarde le prix et le remet à sa place.

Sur les comptoirs du magasin, les chapeaux sont disposés sur des poteaux à coussinets. Les plus farfelus garnissent la vitrine sous l'enseigne sculptée dans le bois par mon oncle.

Éliane Fortier
Chapelière

– Le chapeau est trop cher.

– Ah! mais, ma chère dame, ses plumes sont importées de Paris!

La dame, surprise, porte la main à sa gorge.

– Vraiment?

– Mais oui, madame. Et ce sont les toutes dernières de mon atelier.

La cliente remet le chapeau. Elle sourit.

Mon cœur est ensoleillé. Assise sur un tabouret dans le magasin, je suis une noble dame portant un chapeau de plumes de Paris. Ce mot a fait sourire la dame. Il y a des mots comme ça. Ils sont si contents qu'ils vous retroussent le sourire. Pour moi, c'est le mot potron-minet. Pour cette personne, c'est Paris. Je le vois dans ses yeux. À la maison, je vais demander à maman où est Paris. Sans doute un endroit où vivent des oiseaux multicolores.

L'inspection de la main-d'œuvre recommence.

Je me retire à la cuisine avec ma tante pendant que les dames discutent. Un clin d'œil et un verre de Ginger Ale. La fraîcheur de l'or liquide ne réussit pas à éteindre le tournesol qui me réchauffe. On dirait que ma brûlure est devenue une amie. Pas de brasier aujourd'hui. Brasier, voilà un mot que je connais bien.

Lorsqu'il entend la sirène des camions de pompiers, mon papa me prend par la main, saute dans la voiture et conduit rapidement jusqu'au lieu de l'incendie. J'ai toujours un peu peur, mais je veux voir. Le rouge du feu qui devient bleu, puis jaune, et enfin monte en fumée noire. De toute beauté. La chaleur sur mes joues ressemble à celle de mon cœur.

Un jour, il sera flamboyant, mon cœur. Il s'élèvera dans le ciel comme un ange aux ailes de cendre et d'argent. Il laissera un trou tout blanc dans ma poitrine. Chaque fois, mes yeux se remplissent d'eau. Larmes fraîches et heureuses. Langues chaudes d'allumettes sous mes paupières. Braise où mon cœur se reconnaît. Il y cherche quelque chose. Au retour, papa dit toujours à maman que c'était un véritable brasier.

Dans la chapellerie alors, on discute ferme. Ma tante se penche vers moi et me chuchote à l'oreille.

– Elles achèteront, je te le jure.

De retour devant le miroir, ma tante incite sa cliente.

– Ce chapeau vous avantage, madame, il vous va à merveille. Il enjolive votre teint.

Enjolive ! Superbe. J'ai toute une liste de mots nouveaux aujourd'hui.

La dame achète la cage à perruches. Ma tante se précipite sur une boîte à chapeau. La cloche de plumes est soigneusement emballée. La caisse sonne. Les dames quittent le magasin.

– Tu vois ? Plumes de Paris et l'affaire est dans le sac.

Nous retournons à la cuisine. Mon oncle est dehors à arroser ses plates-bandes. La chapelière s'écrie :

– Zéphyr, va chez le fermier chercher des plumes de poulet. Passe au magasin général prendre de la teinture.

Et elle pouffe de rire.

Oh ! Je me couvre la bouche de la main parce que j'ai un tout petit brin envie de rire.

À genoux dans ses fleurs, l'oncle Zéphyr sifflote une de mes chansons préférées : « Mademoiselle de Paris ».

Feu de joie.

Ei – 4

J'ai fait la liste de mes péchés pour ma première confession. L'exercice a été plus long que prévu, parce que je n'arrive pas à me trouver de vrais péchés. La sœur dit qu'il faut vouloir mal faire pour que ce soit un péché. Quand j'ai tiré les nattes de Nicole, je voulais mal faire. C'est donc un péché. Pour le reste, je n'ai aucune idée.

Comment savoir si j'ai offensé celui qui a inventé le soleil, la lune, les arbres, les fourmis, les grenouilles et la giroflée. Très difficile. Je ne vois pas comment tirer les nattes de Nicole, à qui je ne pardonne pas d'avoir joué l'ange raté, peut insulter le bon Dieu de l'Univers sidéral. Sidéral, c'est tout ce qui bouge dans le ciel, même ce qu'on ne voit pas. Alors, si les nattes insultent le bon Dieu, j'ai des problèmes.

La sœur a aussi parlé de miséricorde, mais selon moi, il est vengeur, le bon Dieu. Un petit coup de travers et c'est l'enfer ad vitam æternam. Æternam? Toujours, toujours. Depuis ma visite chez la chapelière, je garde tous les mots nouveaux que je découvre dans un cahier spécial. Il est bleu. Sur la couverture, j'ai tracé BM en grosses lettres, pour Beaux Mots.

Par précaution, j'ai ajouté sur ma liste un péché que je ne suis pas certaine d'avoir commis, mais il vaut mieux ne pas prendre de risque avec l'éternité. J'ai entendu mon oncle dire qu'avec ses maudites plumes, ma tante lui causait des « mos » de tête. J'ai demandé à maman si ça s'épelait m-o-s ou m-o-t-s. Distraite, elle a répondu « m-a-u-x ». Voilà donc un autre mot pour mon cahier.

Le prêtre a ri lorsque je me suis accusée d'avoir eu des maux de tête. Une bouffée de chaleur est montée de mon ventre jusqu'à mes joues. Confuse, je suis sortie rouge et humiliée du confessionnal. À genoux, j'ai récité ma pénitence. Pénétrer dans une boîte noire, attendre qu'on tire la porte de la grille et qu'on se mette à rire de votre sincérité, c'est injuste. Et méchant. J'ai fermé les yeux et j'ai pleuré dans l'église. La sœur pensait que je regrettais d'avoir offensé le bon Dieu. Je promets tout de même de ne plus tirer les nattes de Nicole, au moins jusqu'à ma première communion.

J'ai une robe blanche et ma tante a fabriqué mon voile de dentelle. J'aurai les cheveux bien frisés au papier ciré et au fer chaud. Nous avons répété à l'église. Je suis bien préparée. L'essentiel est d'éviter de blesser le Saint Sacrement avec les dents. Il faudra le laisser fondre.

J'ai peur. De tout. Surtout du bon Dieu. Si, par erreur, je fais une gaffe ? Je serai punie pour toujours ? Toujours, c'est long comme æternam. Je ne dors pas. J'ai mal au ventre. Maman me berce, mais je n'arrive pas à me reposer. Elle me dit que tout ira bien et que la famille viendra manger du gâteau après la messe.

J'ai froid. Ma gorge se serre, je salive et je vomis. Mon cœur s'emballe. Il a peur, lui aussi. Il tente de s'enfuir là où il y a des coquelicots. Maman me lave et change mon pyjama. Mon nez coule et je pleure. Je ne veux pas faire ma première communion. Je vomis encore. Maman me dit de demander l'aide de mon ange gardien.

Je dois me rincer la bouche et cracher sans avaler d'eau. Il faut être à jeun. Maman m'explique. À jeun : ne pas avoir mangé ni bu pendant douze heures.

Toute la nuit, je suis malade. Mon estomac fait des cabrioles. Je vomis, je me rince la bouche et je crache sans avaler l'eau fraîche qui me ferait tant de bien. Maman prie afin que je communie avec les autres enfants. Si j'avale l'eau, ce sera impossible.

– N'avale pas, ma chérie. Surtout, n'avale pas.

Nous pleurons ensemble. Je crois qu'elle sent la main divine qui m'écrase et qui m'affole. Mon papa me prend dans ses bras pour donner un répit à maman. « C'est la poulette gri-se, quia pondu dans l'égli-se, elle a pondu un p'tit coco pour Mita qui va faire dodo, dodiche, dodo. C'est la poulette noi-re, quia pondu dans l'armoi-re, elle a pondu un p'tit coco, pour Mita qui va faire dodo, dodiche, dodo. »

À potron-minet j'enfile ma robe. Maman ajuste mes tire-bourres et pose le voile de dentelle sur ma tête et sur mes épaules. Elle me dit que je suis la plus ravissante des petites filles. Je me regarde dans le miroir et ma terreur se rallume. Une communiante au teint gris, aux lèvres vertes. Je n'ai pas avalé d'eau, mais... une goutte s'est peut-être faufilée dans ma gorge.

Peut-être. Je ne sais pas. J'ai pourtant fait très attention. J'implore l'ange qui porte mon nom de venir à mon secours, d'éteindre les flammes qui calcinent le blanc de mon âme. Je n'ai pas voulu offenser le bon Dieu. Si, par mégarde, une goutte d'eau s'est glissée dans ma gorge et qu'il n'y a plus de place en moi pour lui, je lui demande pardon.

À l'église, les parents admirent leurs enfants. On regarde les robes, les bas blancs chiffonnés aux genoux, les voiles, les habits des garçons. Mon voile est le plus beau. Ma tante glousse dans son banc. Nicole a une belle toilette, mais sa tante n'est ni chapelière ni dentelière ni foulardière. J'attends mon tour. Je ne pense pas, je ne prie pas, j'attends. J'attends la punition inévitable. Lorsque je recevrai le bout de carton, refuge du bon Dieu sur la Terre, sa colère s'abattra. Il se jettera sur moi en ricanant. Je tourne le regard vers mes parents de l'autre côté de l'allée. Je leur fais un dernier adieu. Au signal, nous nous levons, quittons nos places et avançons vers le moment fatal. Je ne vomirai pas, je ne pleurerai pas. La fièvre me colore les joues. Le feu m'assèche la bouche, je n'avale plus. J'étouffe. Je suis un enfant-dragon crachant le désespoir.

Le papier rêche me colle au palais, aux dents. Ma langue ne veut pas m'obéir. Elle furète pour déloger le Rédempteur. Éviter à tout prix de le croquer. Je retiens mon souffle. Le châtiment ne devrait pas tarder. Je serai foudroyée dans l'église ou sur le parvis.

Dehors, après la cérémonie et avant les photos, maman sort un petit bocal d'eau de son sac à main : bois, ma chérie, bois. Enfin, l'eau de la délivrance. Le photographe insiste, mais je suis incapable d'un grand sourire. Tout mon corps cherche la forme que prendra ma punition.

Ma menotte gantée forme un poing. Lentement, pour que rien n'y paraisse, je lève le bras gauche vers le ciel comme si, ankylosée après tant de sermons et de remontrances, je m'étirais le bras. Au bout de mes doigts, les éclairs jaillissent. Je rejette au ciel la violence qui m'a été faite. La foudre s'abat subitement sur nous. Un éclair, un coup de tonnerre, et il se met à pleuvoir. À boire debout. Mon ange sanglote. Il sait que je suis condamnée.

Mon papa me recouvre de son veston pour me protéger. Nous traversons la rue. Ma grand-mère maternelle habite devant l'église. L'averse disparaît aussi vite qu'elle est survenue. Je suis toujours vivante. Ma fin est remise à plus tard.

À la maison, j'enlève ma robe et mon voile. Ma petite robe à carreaux est plus confortable. Toute la famille est venue célébrer ce grand événement. On m'embrasse, on me félicite. J'ai tellement faim que j'engloutis plusieurs pointes de sandwichs au jambon. Le gâteau est onctueux. J'ai la permission d'en manger deux morceaux. Je n'écoute pas les adultes parler des toilettes ornées de fil d'or des célébrants. J'ai besoin de quitter la visite et tout ce bruit, de me retrouver seule.

Je suis épuisée après une telle journée. Maman me borde. Papa me demande si je veux entendre la poulette grise. Je hoche la tête.

Il chante des poulettes de toutes les couleurs.

Une poulette bleue qui a pondu dans les cieux.

En moi, elle agonise dans le feu.

Ei – 5

Ma grand-mère Anna m'a offert un missel en couleurs. Sur l'étui du *Petit paroissien,* il y a l'image d'une communiante et d'un célébrant. Les mots des prières sont divisés en syllabes par des traits d'union. Anna l'a dédicacé et signé : « Que le bon Jésus demeure dans ton cœur toute ta vie comme en ce beau jour de ta première communion. Gr'Maman. »

Anna ne me donne jamais de bisou. Jamais de cadeau à ma fête ou à Noël. Ce beau missel est étonnant. Grand-maman prie beaucoup. Elle va à la messe tous les matins. À pied. C'est loin jusqu'à l'église. Est-ce parce qu'elle est près du bon Dieu qu'elle me fait peur ? Je suis mal à l'aise auprès d'elle. Entre ses yeux, un pli très profond sépare son front en deux. Je pense qu'il y a des choses cachées dans ce pli.

Grand-maman habite avec nous, mais elle ne participe pas à notre vie. Elle prépare et prend ses repas sans nous.

– Maman, pourquoi grand-maman ne mange jamais avec nous ?

– Elle préfère manger seule.

Quand Mononklabbé, le frère de papa, vient à la maison, il redescend chaque fois des appartements de grand-maman en pleurant. Maman le console.

– Pourquoi la mère est-elle toujours si méchante?

– Priez pour elle, Monsieur l'Abbé.

Pour que Mononklabbé dise que grand-maman est méchante, ce doit être très sérieux. Et il ne se cache pas pour pleurer. Papa ne pleure jamais, lui. Il est peut-être plus brave. Il a fait la guerre. C'est la phrase préférée de maman quand ça ne va pas et que papa est silencieux. La guerre. Je trouverai.

L'humeur de grand-maman Anna décide de tout ce qui se passe chez moi. Il faut marcher à pas de souris, car quand on la contrarie, elle se fâche. Papa, pris entre sa famille et sa mère, bougonne souvent. Je ne suis pas encore une très grande fille, mais il y a des choses que je vois. Quand c'est tendu à la maison, je deviens sage comme une image, comme les gravures de mon missel.

Près de ma grand-mère, j'apprends le silence. Maman me regarde avec son air d'impuissance.

– Va jouer dans ta chambre. Grand-maman n'est pas de bonne humeur.

– Pourquoi?

– Laisse faire, ma cocotte.

J'admire maman. Sans s'épuiser, elle garde la paix quand ça parle fort en haut chez ma grand-mère. Je ne me plains pas. Je ne me plains jamais. Je me réfugie dans ma chambre où je m'évade dans ma félicité. Je préviens mon ange gardien de ne pas s'approcher, de veiller sur moi de loin, car j'ai peur qu'il se brûle les ailes aux flammes dont je suis le bois, au feu allumé à l'école et sur la rivière.

✣

Grand-maman Vénérance fait des galettes. Chaudes, avec du beurre, un vrai délice. Son énorme cuisinière, un admirable monstre, trône dans la cuisine. J'aime ses galettes de gros poêle. Vénérance porte toujours un tablier. Elle est vieille. Je crois qu'elle a toujours été vieille.

J'observe ses allées et venues en chaussures comme celles des sœurs à l'école, ses bas épais, même en été, ses vieilles robes battant ses chevilles. Il faut voir ses cheveux roulés au cou sur sa crotte de feutre.

Grand-maman Vénérance m'a donné une clochette de porcelaine pour ma première communion. Sur deux côtés, il y a un ange avec de très grandes ailes. J'ai mis la clochette sur le bord de la fenêtre, d'où je peux observer la rivière en toutes saisons, surtout lors de la débâcle. Parfois, je la fais tinter.

Elle a un très beau rire, Vénérance. Chez elle, il y des galettes et des fous rires, et maman est plus animée. Je suis contente quand maman rit, quand elle met du beurre sur les galettes de Vénérance.

Grand-maman habite au-dessus de chez le barbier, tout juste devant l'église. Parfois, les cousines arrivent. On les entend se bousculer dans l'escalier. Elles parlent fort, elles rient et tout le monde mange des galettes de gros poêle.

Mais, autour de Vénérance, je me sens invisible. Elle n'a ni temps ni patience pour moi. Grand-maman ne me caresse jamais la joue, ne me brosse jamais les cheveux. Je n'entends jamais mon nom d'archange dans sa bouche. Je ne lui adresse donc pas la parole. Maman le remarque et, souvent, elle m'invite à raconter des histoires d'école à ma grand-mère. Je raconte. Elle m'offre une autre galette. Rien de plus. L'autre fille de Vénérance, ma tante, est religieuse. Elle habite dans un couvent. Je ne la vois pas souvent. Pas de bisous d'elle non plus.

Devant mes grands-mères et ma tante religieuse, ça chauffe dans mes oreilles et dans mes mains. J'aimerais qu'elles voient ces tisons.

⁂

Pas de chaise, pas de bras où me laisser bercer.

Aucun giron-mamie.

Ni Anna ni Vénérance.

Femmes-éteignoirs pour un lumignon.

Ei – 6

Ses yeux jaunes. Soleils de faïence. Immobiles. Plumes velours. Caramel.

Monter vers lui. Pénétrer son sortilège. Me laisser prendre sous son aile. Lisser ses plumes et provoquer leur chuchotis. Partir avec lui vers l'éblouissant dans les arabesques de son vol nocturne. En portant le chapeau du Chat botté confectionné par la meilleure chapelière, disparaître dans l'au-loin.

Cette histoire, je me la raconte avec les mots de mon cahier bleu BM. Il est presque rempli, mon cahier. Quand j'entends un mot nouveau, je m'empresse de le copier. Quand je discute avec les grandes personnes, j'utilise mes BM.

Au presbytère de Mononklabbé, je cours jusqu'à l'escalier pour admirer son hibou. Je lui permets de me dominer du haut de son perchoir, de m'appeler vers ses énigmes et ses vertiges. Je l'invite à quitter son guéridon et à s'enfuir avec moi. Je monte quelques marches, je m'en approche. Je poursuis mon ascension lentement jusqu'à sa majesté. Il m'inspire un ravissement respectueux. Comme mon ange. Comme ma rivière.

Nous sommes trois dans mon pays refuge et mystère. J'aime trottiner derrière mes ailés préférés, voyager avec eux au-delà des nuages et du langage. Côtoyer ces explorateurs de ciel, me promener avec eux dans l'impossible et l'inimaginable. Heureux privilège.

Mes parents croient que je trouve l'oiseau redoutable. Au contraire, il m'attire. J'aimerais déménager au presbytère de Mononklabbé. Bêcher avec lui dans le jardin, alors qu'il porte une salopette et un chapeau de paille et m'enfermer ensuite dans son bureau avec le hibou. Mononklabbé a remarqué mon intérêt pour son duc empaillé. Pour mes dix ans, il a promis de m'offrir son vieux copain en cadeau.

De retour chez moi, je lui prépare une place dans ma chambre. Un petit coin près de la fenêtre d'où il pourra voir les arbres et la rivière. Ici, il ne trouvera pas le temps long. Nous deviendrons aventuriers de l'insolite. Ses yeux me serviront de petites lunes safran. Mes boussoles dans l'irréel et l'inventé. Bon, ça y est! Je viens d'épuiser tout le nouveau vocabulaire de mon cahier BM!

Papa me réveille durant la nuit. Mononklabbé s'est effondré en bêchant dans son jardin. Son cœur. Sa vie est en danger.

Mes parents et Anna doivent partir tout de suite pour l'hôpital de Saint-Jérôme. Anna s'est retirée dans son mutisme habituel. Maman pleure. C'est loin Saint-Jérôme, mais papa la rassure. Ils arriveront à temps. Je veux partir avec eux, mais ils refusent. Papa dit que ce serait trop long pour une enfant. Il se peut qu'ils ne dorment pas de la nuit. Dormir? Je ne veux pas dormir, je veux les accompagner. Je proteste, mais on me laisse en sanglots chez Vénérance.

Je leur en veux. Comme si leur peine n'était pas la mienne. Je ne dors pas. J'attends. Mon oncle ne peut pas mourir; il faut que je retourne chez lui récupérer mon hibou. J'ai le cœur gros comme la lune. Dans la pièce apprêtée pour moi par ma grand-mère, je m'appuie au bord de la fenêtre. Voilà l'église où j'ai fait ma première communion. Mon regard s'accroche au clocher. Je prie mon ange gardien de protéger mon oncle. Je ne veux pas le perdre. Je prie pour son cœur.

Au petit matin, le téléphone sonne. Vénérance se précipite dans la cuisine. Elle revient en traînant les pieds dans ses pantoufles. Sans ménagements, elle me dit:

– Y viennent d'arriver à Saint-Jérôme. Le curé est mort.

– Mononklabbé est mort?

– Y vont faire les funérailles ici.

J'aimerais qu'elle me prenne dans ses bras, qu'elle me console, qu'elle essuie mes larmes, mais elle s'en retourne se coucher, sans un mot.

Encore et encore ce feu mystérieux qui me pique les yeux, m'assèche la gorge. Mon ange bat des ailes et me quitte. Effaré, il s'enfuit se percher de l'autre côté de la rue sur le clocher de l'église où il attend Mononklabbé qui reviendra dans un cercueil.

Lorsque maman vient me chercher, elle raconte à grand-maman qu'au retour, les deux horloges dans notre maison s'étaient arrêtées. La première, dans la cuisine, à l'heure du décès de mon oncle, la seconde, dans le salon, à l'heure de leur arrivée à son chevet.

« Chevet ». BM pour mon cahier. Ma si belle maman pleure. Les mamans ne devraient jamais pleurer.

Elle raconte qu'à l'hôpital, le médecin voulait savoir qui étaient les femmes auprès du curé. Sa mère et sa belle-sœur, a précisé maman. L'une de vous deux s'appelle-t-elle Léona ? C'est moi, a dit maman. Monsieur le curé vous a appelée avant de mourir. Il avait quelque chose à vous dire. Mononklabbé voulait dire quelque chose d'important à maman et elle n'est pas arrivée à temps ? J'ai le cœur brisé. Elle ne connaîtra pas ce secret.

Les funérailles ont lieu à l'église Sainte-Anne. Anna, ses enfants à ses côtés – la chapelière, mon oncle le photographe, son plus jeune fils, et papa qui me tient par la main –, se penche sur le cercueil ouvert de son fils le prêtre, décédé à l'âge de quarante-cinq ans et lui murmure quelque chose à l'oreille. Papa l'a entendu. De retour à notre banc, il pleure. Je n'ai jamais vu mon papa pleurer.

Personne ne parle du hibou. Je ne sais pas ce qu'il est devenu. Il a peut-être été oublié, comme je le suis souvent. Sans l'au-loin que je lui racontais, ses ailes se dessèchent sans doute au haut de l'escalier du presbytère. Je l'aurais tant aimé.

Sorcier aux yeux de foudre.

E1 – 7

Pour le plaisir de la chose, Maman et moi prenons le tramway pour aller chez Vénérance. Nous allons voir l'oncle Xavier, son frère. Il habite chez elle. Il est beau et sans âge. Une sorte de grand-père, car je n'en ai aucun. C'est le papa de tante Solange et de tante Gertrude, les cousines de maman.

Lorsqu'elles étaient petites, leur maman est disparue. Vénérance a pris soin d'elles. Elle les a élevées comme ses propres filles. Tante Gertrude était bébé lorsque Vénérance l'a « sauvée d'une mort certaine ». Je n'en sais pas plus. Personne ne raconte jamais cette histoire. Dans la famille de mon père comme dans celle de ma mère, il y a des mystères.

Chez Vénérance, l'oncle Xavier met un peu de gaieté dans les heures. Il est forgeron de son métier. Quand il arrive noir charbon à la maison, il ressort de la salle de bains propre comme un sou neuf. Parce qu'il a une plaque de métal sous la peau de son crâne, papa dit que l'oncle Xavier « n'a pas toute sa tête ». Un accident, dit maman. Un cheval, comme pour le premier mari de grand-mère Vénérance. Un cheval? Un premier mari?

– C'était ton papa?

– Non.

– Et ton papa à toi, maman?

Maman et Vénérance se taisent. Leurs yeux lancent des fléchettes. Il est mort, dit Vénérance. Sa façon de me tourner le dos résonne comme une porte claquée au nez.

J'ai mal au cœur de tous ces labyrinthes, de ce non-dit qui mousse sous la peau de tous. Qu'est-ce qui se cache sous leurs silences? Comme un adroit capitaine de navire, maman navigue parmi ces écueils. Brave maman.

L'oncle Xavier me fait signe. Le sourire aux lèvres, il m'invite à m'approcher d'un geste de la main que je reconnais. Il se penche sur mon oreille comme s'il allait me révéler un secret et je frétille de bonheur. Il prononce les mêmes paroles chaque fois. Un cornet? Je fais oui de la tête. Maman observe la scène et sourit à son tour. Il faut tenir la main de l'oncle Xavier jusqu'au magasin de Monsieur Houle.

Lui aussi joue le jeu. Il salue l'oncle Xavier et bavarde un moment avec lui. Le travail, la température. Je comprends que ce sont ces petits riens qui font l'amitié. «C'est en forgeant qu'on devient forgeron, n'est-ce pas, Xavier?» Et mon oncle d'approuver et de rajuster ses petites lunettes rondes. J'attends mon tour. À un moment donné, ils auront terminé leur entretien et se tourneront vers moi. Un feu de brindilles jaillira. Feu content, que la crème glacée viendra désaltérer. Il me fait chaleur, l'oncle. Je n'ai besoin de rien lui prouver. Il m'aime sans condition. Mon ravissement est le sien. S'il n'a pas toute sa tête, Mononkzavier, il a tout son cœur.

Monsieur Houle se penche sur moi: «Alors, ma belle, qu'est-ce que ce sera pour toi aujourd'hui?» Il sait très bien ce que ce sera, mais il aime énumérer les friandises qu'il tient en magasin. Je le laisse me montrer une variété de bonbons. Il prend tout son temps. Un jeu. Notre jeu. Monsieur Houle, l'oncle Xavier et moi avons inventé ce jeu. Une sorte de devinette. Deux adultes jouent avec moi, me taquinent, me font de la place dans leurs yeux, dans le présent.

Je me balance sur un pied et puis sur l'autre, comme si la décision était difficile à prendre. Je fronce les sourcils et pose l'index de la main gauche sur ma tempe pour faire semblant de penser très fort. Parfois, j'ai du mal à réprimer un petit rire, mais il faut bien jouer la comédie. Une pipe en réglisse noire? Des boules de gomme? Non, pas de gomme, ça lève le cœur de maman. Avec un énorme soupir, je finis par dire: «J'ai décidé, Monsieur Houle, je vais prendre un Mello-Roll.» Et hop, c'est reparti. Je regarde l'oncle Xavier qui me fait un clin d'œil. C'est à nous de jouer un tour à Monsieur Houle. Xavier prend son temps. Vanille? Non, fraise. Ah, trois couleurs? Il énumère les essences afin d'étirer le plaisir. Je balbutie lentement: «Van… Non. Fr… Et puis non…» Et enfin, n'en pouvant plus, je m'écrie: «Chocolat, Mononk, chocolat!» En applaudissant, en sautillant, je lance de tous mes poumons: «Chocolat, Monsieur Houle.»

Monsieur Houle, tout sourire, applaudit aussi: «Un excellent choix», dit-il. De son comptoir réfrigéré, il sort un petit cylindre enveloppé de carton, qu'il pose dans un cornet. Il déroule ensuite le carton autour de la crème glacée, et voilà, un Mello-Roll au chocolat. Le marchand fait alors le tour du comptoir et me demande si je me suis lavé les mains avant de venir au magasin. Il regarde l'oncle comme pour vérifier que je dis bien la vérité. Lorsque Mononkzavier l'a rassuré, il me tend le cornet convoité en disant: «J'aime bien remettre les cornets en mains propres!» Monsieur Houle et l'oncle Xavier s'esclaffent. Il y a là un jeu de mots que je finirai bien par connaître. Avant la première léchée, les mercis retentissent.

Le retour chez Vénérance. Lentement. Pendant que Xavier parle de son enclume, je déguste mon Mello-Roll au chocolat. Je quitte le trottoir et la rue. Il n'y a plus d'église ni d'école. Je suis seule avec mon plaisir. La voix de l'oncle se fait de plus en plus lointaine et, comme s'il devinait que je ne suis plus là, il finit par me laisser tout entière à mon plaisir. Je laisse la crème glacée fondre sur ma main pour le simple bonheur de me lécher les doigts.

Intermède.

Régal d'enfant. Délicieux et frais remède contre un excès d'images, d'anges, de mystères. De lieux qui ne figurent sur aucune carte de la Terre ou du ciel.

Petit bonheur sucré. Dégoulinant.

Il faudra mettre du temps avant de retourner chez Monsieur Houle et me régaler à nouveau d'un Mello-Roll au chocolat. Il faudra retourner chez Vénérance. Elle aura fait des galettes. J'en mangerai une, chaude, avec du beurre, sans faire de miettes. Sans dire un mot. En attendant Mononkzavier.

Le tramway nous ramène, maman et moi. Quelques pâtés de maison seulement. Nous aurions pu marcher, mais j'aime rouler sur les rails chauds et entendre sonner la grosse cloche lorsqu'il s'arrête.

Voyage autour du monde.

Mon monde.

Dans ma chambre donnant sur la rivière, je retrouve mon espace privé meublé de créatures et de fleurs sublimes. Je le célèbre en faisant tinter la voix de l'ange dessiné sur ma cloche de porcelaine.

L'enfant-crème arraché aux flammes.

Ei – 8

La voix perchée des femmes est suffisamment aiguë pour fracasser les vitres. Mes parents écoutent de l'opéra le samedi après-midi. Ils ont de belles voix tous les deux. Ils racontent qu'à leur mariage, ils ont chanté l'un pour l'autre une chanson célèbre: «Je t'ai donné mon cœur». Parfois, devant les visiteurs, ils la chantent ensemble. Chaque fois, je me sens de trop.

Maman raconte cette histoire à qui veut bien l'entendre, ses voisines ou les dames qui viennent se faire friser. Quand papa part à la guerre quelques semaines après leur mariage, il apporte cette chanson enregistrée sur disque pour lui, par maman. Après son départ, elle va en pèlerinage à Sainte-Anne-de-Beaupré afin de prier pour le retour de papa. Elle raconte chaque détail, le chemin de croix et l'ascension à genoux de la Scala Santa. La Scala Santa? Connais pas. Maman demande au bon Dieu de lui donner un signe que son jeune mari reviendra sain et sauf. Lorsqu'elle quitte l'église, elle entend, par la fenêtre ouverte d'un couvent tout près, la musique d'un piano. C'est «Je t'ai donné mon cœur». Elle a réponse à sa demande. Elle sait que son mari reviendra. Même lorsqu'il est porté disparu.

Mon papa a été porté disparu ? Durant la guerre ? Tiens, pourquoi on ne me raconte pas cette histoire-là ?

Maman termine toujours son histoire en disant que cinq ans plus tard, papa est revenu. Avec son disque. À lui de raconter l'effet de la chanson sur les soldats de son entourage lorsqu'ils trouvaient un Victrola quelque part pour la faire jouer. J'aime bien ces histoires d'avant. Un jour, je les raconterai à mon tour.

Tous les samedis, mes parents écoutent la radio. L'opéra ? Épouvantable ! Les notes pointues me font frissonner, comme la craie qui grince sur le tableau à l'école. Je m'enfuis alors dans ma chambre. Je n'aime pas la radio.

Durant le carême, le soir, il faut réciter le chapelet. Comme une bonne enfant, je m'agenouille à côté de la radio et nous récitons le chapelet en famille. Tous les soirs.

J'ai mal aux jambes. À l'école, je suis toujours fatiguée. Incapable de trouver une position confortable à mon pupitre, je bouge tout le temps. À la maison, je demande à maman la permission de rester assise durant le chapelet. Elle accepte. À la troisième requête, elle refuse. Elle pense que je ne veux pas m'agenouiller. Pourtant, maman sait que je ne lui raconte jamais de mensonge. J'ai vraiment mal. Je pleure tout au long du chapelet. Rester debout, rester assise, c'est difficile. M'agenouiller, c'est pire. J'endure mon mal. Il n'y a rien à faire, c'est le carême. Je fais ce sacrifice parce qu'il y aura une rose de plus sur mon trône au ciel.

La sœur nous a tout expliqué pour nos trônes et leurs roses.

J'arrive à la maison en retard. L'école est loin. À cause du mal, je me suis arrêtée plusieurs fois pour me reposer sur le bord du trottoir. Maman s'inquiète parce que la sœur a téléphoné pour lui dire qu'elle pense que je suis malade.

– Tu as souvent mal aux jambes ?

– Oui, maman, c'est pour ça que je pleure pendant le chapelet.

– Tu t'es endormie à l'école aujourd'hui ?

– Oui, maman, sur mon pupitre.

Maman me touche le front. Je suis chaude, j'ai les pommettes rouges.

– Tu fais de la fièvre, ma chouette. Il faut appeler le docteur.

Le docteur Bourque monte à ma chambre. Il m'ausculte. J'ai chaud et j'ai froid. Je ne pourrai pas réciter le chapelet à côté de la radio ce soir. Mon cœur cogne fort, fort, et mes jambes sont toutes molles. « Donnez-moi une couverture », dit-il à mes parents. Il m'emballe comme un paquet et me prend dans ses bras. Il descend l'escalier rapidement. J'ai peur. Je veux mes parents.

– Maman, papa.

– Le docteur t'emmène à l'hôpital.

– Non, pas l'hôpital. Je ne veux pas !

Je veux rester dans mon lit, j'ai trop chaud, j'ai trop froid, j'ai trop mal. Je veux supplier maman, mais j'ai la bouche tellement sèche que j'ai de la difficulté à parler. Le docteur me serre fort tout contre lui. Je veux les bras de mon papa. Je ne sais pas ce qui se passe. Si je me suis endormie sur mon pupitre à l'école, c'est parce que j'étais très fatiguée. C'est peut-être le chapelet qui m'épuise ainsi. Je ne veux pas aller à l'hôpital avec le docteur Bourque. Je pleure et je tente de me défaire de son emprise, mais j'en suis incapable. Papa me console.

– Ne t'inquiète pas, Mita, je suis là. On va te soigner tout de suite.

– Je ne suis pas malade, papa, je suis fatiguée.

– Tu fais beaucoup de fièvre, ma chérie.

– J'ai peur, papa.

– Tout va bien aller, tu vas voir.

– Ne me laisse pas, papa.

– Nous y allons avec toi, ma chérie. Maman va apporter ta robe de nuit.

– Maman, je veux la bleue.

Et me voilà couchée sur le siège arrière de la voiture du docteur. Il me conduit à l'hôpital. La radio dans sa voiture est allumée. C'est un opéra. Je suis trop faible pour protester. J'ai mal dans mon cœur et dans mon corps. Le docteur fait de la vitesse. Papa et maman suivent dans notre voiture.

À l'hôpital, le docteur me trouve un lit et des infirmières s'agitent autour de moi. Et puis, épuisée, je m'endors.

Papa et maman viennent me voir tous les jours. Le docteur aussi. Maman me propose d'apporter la radio. Ça me fera une distraction.

– Tu ne veux pas écouter la radio ?

– Non.

– Pourquoi ?

– Parce que. C'est à cause de la radio si je suis

malade. Et du chapelet. Pas de radio, maman, pas de radio.

On me donne des remèdes pour éteindre les feux de la fièvre et on me fait passer des tests avec des machines bizarres. Je parle à mon ange tous les jours. Je suis grande, maintenant. Je suis plus sérieuse qu'à cinq ans. Je ne lui parle donc plus comme on parle à son toutou, mais à son meilleur ami. L'hôpital n'est pas agréable, mais au moins, ici, il n'y a pas d'arithmétique.

Après plusieurs semaines, on m'annonce enfin que je peux retourner à la maison. Mes parents viennent me chercher. Ils discutent avec un médecin dans le couloir. Ce n'est pas le docteur Bourque. Ils croient que je ne les entends pas. Mais je les écoute !

– Votre enfant est très malade. La survie de votre fille est incertaine. Elle ne se rendra peut-être pas à l'adolescence. Son cœur ne tiendra pas le coup. La maladie est pernicieuse, vous savez. Nous avons fait ce que nous pouvions pour elle. Nous allons continuer à la suivre, mais pour le moment, le repos s'impose.

Le docteur dit que je ne grandirai pas ? Que mon cœur ne tiendra pas le coup ? Que la maladie est pernicieuse ? Un bien grand mot, « pernicieuse ». Je le mettrai dans mon cahier. J'entends maman pleurer.

Et hop ! Je ne suis plus là. Je n'ai plus de fièvre perchée, toute rose, sur mes joues. Elle s'est réfugiée dans les mains de mon ange, qui m'invite à découvrir des paysages encore jamais entrevus. J'entends les angelots fredonner paisiblement. Je suis seule à les voir. Je discute de cette situation « pernicieuse » avec eux.

– Les amis, c'est mon cœur. Il cogne trop fort. Je vous prie de le flatter un peu pour l'empêcher d'avoir peur de grandir. D'accord?

– Il faut te reposer, maintenant.

Oh! Qui a prononcé ces paroles? C'est maman, c'est l'infirmière ou mon ange gardien?

Je n'ai pas peur.

Mon cœur tiendra le coup. Un feu céleste en moi le guérira.

Je sais brûler là où la maladie n'existe pas.

Ei – 9

Ils ne se voient plus. À cause de moi. Papa travaille la nuit pour être avec moi le jour et maman travaille le jour pour être avec moi la nuit. Je suis clouée au lit. Je n'ai pas la permission de me lever. J'aimerais bien que mon ange gardien fasse le clown pour me distraire un peu. Même si je n'aime pas l'arithmétique, je préférerais être à l'école.

Les semaines s'éternisent. Non, je n'écoute pas la radio. Une seule note d'opéra et mes os se changeront en poussière. Il n'y a pas de chapelet, non plus, car Pâques est passé durant mon séjour à l'hôpital et je n'ai pas eu droit à un lapin ou à une cocotte en chocolat. Mes parents m'apportent des livres. Plein, plein, plein. Sur l'étagère, dans le couloir, il y en a beaucoup, mais ils sont trop difficiles à lire. Certains sont en anglais. Papa les a rapportés d'Angleterre. Je comprends un peu l'anglais, mais ce serait très long, j'aurais toujours le nez dans le dictionnaire. Les auteurs ont des noms intrigants. William Butler Yeats, John Keats, William Shakespeare, Oscar Wilde, Robert Browning.

Je reprends des forces et je ne fais plus de fièvre. Je pourrais peut-être... Un pied hors du lit. L'autre. Je me tiens deb... Boum! Papa est dans la cuisine à préparer mon dîner. Il monte l'escalier à la course. Je suis étendue sur le plancher. Il me prend dans ses bras et me remet au lit. Chicane, chicane, tendre chicane. Je pleure. Pardon, papa, pardon.

Mes parents font venir la petite voisine de mon âge. Elle apporte des poupées de carton. Nous les habillons pour l'école, pour un bal, pour la nuit. Linda parle anglais. Elle appelle ses poupées de papier des *Cut-Outs*. Je réussis à la comprendre et je passe une bonne heure à jouer. Puis elle m'invite à me lever. J'ai peur, mais elle insiste. Elle m'aide. Boum! Papa. Chicane, chicane, tendre chicane.

Linda revient. Ses parents savent que je suis malade et sont contents de permettre à Linda de venir jouer avec moi. Sa maman a envoyé un gros morceau de gâteau au chocolat pour moi. Je lui dis: *Tank U*. Quand Linda me dit: *My mother is nice,* je comprends que sa maman est gentille. Nous partageons le gâteau et je glisse mon doigt dans l'assiette pour récupérer tout le glaçage. Après notre collation, Linda me tend les bras. Je fais non de la tête, car je ne veux pas tomber et me faire chicaner encore une fois. Elle insiste. Je tente ma chance. Avec l'aide de mon amie, je me tiens debout. Je fais de petits pas. Elle me libère une main, et puis l'autre... Je ne tombe pas. Elle m'aide aussitôt à m'asseoir sur mon lit, car nous entendons papa monter l'escalier. Il nous apporte du lait.

Il n'avait pas raison, le docteur inconnu. Je marcherai. Un jour, je marcherai. Avec mon cœur hardi, ardent, brûlant.

J'ai pris goût aux visites de Linda. Elle va à l'école. Le jour, elle ne peut pas jouer avec moi. En faisant attention, j'arriverai peut-être à me tenir debout toute seule. Je pose une main sur la table de chevet, je m'appuie sur la poignée de la porte de la chambre… Il me faut bien planifier les points d'appui. Sinon, je tomberai et ce sera chicane, chicane, chicane.

Mes parents me font cadeau d'un nouveau livre. Un album illustré.

Il était une fois une tortue qui vivait au bord d'un étang, au milieu des fleurs et des papillons. Sa carapace était bien lourde et elle allait lentement, lentement.

J'aime cette histoire. Je la relis plusieurs fois. Je lisse la couverture glacée de ce très bel album. La tortue s'appelle Patrovite. Sa carapace lui est trop lourde. Ma maladie est une sorte de carapace. Moi aussi, je l'enlèverai, comme Patrovite. Pa-tro-vite.

Pa…

tro…

vite.

La fièvre explose, mon cœur culbute. Pas trop vite? On peut faire ça avec les mots? On peut les écrire autrement, les écraser, les presser comme une orange pour lui faire donner son jus? On peut dire une chose qui ne ressemble à rien et qui veut tout dire?

Féérie!

Une bande de joyeux diablotins, chérubins, séraphins dansent devant mes yeux, sur la couverture de mon lit. C'est la fête. J'ai chaud, pas de la fièvre de la maladie, mais du fer rouge de cette découverte. Ce mot tourne dans ma tête, dans mon estomac, dans mes os. Il chante dans mon cœur. Depuis une petite minute, mon sang babille, fredonne, turlute.

Des ailes, partout dans ma chambre. Elle est habitée des plus grands magiciens du monde, les mots, virevoltant autour de moi. Ils sourient, ils murmurent, se couvrant la bouche pour ne pas se laisser trop entendre. Mais je les entends, moi, je les reconnais aussi. Ce sont les mots de mon cahier bleu. Mes Beaux Mots, venus me saluer, me dire que j'irai mieux, qu'ils attendent que je les insère dans des historiettes, des chantefables, des épopées, des fabliaux. Des chantefables ? Des fabliaux ? Mots sonores et chantants ! Ma chambre est remplie de papillons colorés. Je veux les attraper, tous. Je vois des livres, un défilé de livres, un régiment de livres, à saisir, à lire, à écrire.

À écrire ?

Je ne serai plus jamais la même enfant. Je ne serai plus la petite fille alitée au cœur fragile. Non, plus jamais. Je viens de tout comprendre en un seul et fulgurant éclair.

Mes mains tremblent et ne savent plus tenir mon livre. Il tombe sur mes genoux. Je n'arrive plus à respirer non plus. J'ai les yeux dans l'eau. Je chavire comme une petite chaloupe dans la tempête. Ma chambre bascule.

Papa entre. Il m'aperçoit. Je suis rose et à bout de souffle. Il court au téléphone et remonte auprès de moi. Il pose *Patrovite* sur la table de chevet, me prend dans ses bras et me berce. Je n'ai pas de réponses à ses questions. L'émotion est trop forte. Je ne peux, je ne veux rien dire. Une merveille vient de me révéler l'accès à un monde fabuleux, au monde que je croyais celui de mon ange gardien. *Patrovite*, une porte ouverte, une échappée. Éclipse du mal. Fugue. Élan. Essor.

Délivrance miraculeuse. Tortue libération.

Au creux des bras de papa, j'arrive à me calmer. Le docteur arrive. Non, je ne fais pas de fièvre. Mon cœur a retrouvé son petit coin personnel. J'ai mal aux jambes ? Je fais non de la tête. J'ai mal ici, ou là ? Non. Il s'est passé quelque chose ? Non. Papa et le docteur discutent. Il ne faut pas s'affoler, c'est normal d'avoir des bouffées de chaleur dans mon cas. Mon cas ? J'ai un cas ? J'ai une breloque-folie en tête et elle tintinnabule. Voilà mon cas. Tintinnabuler. Précieux bijou musical de mon cahier de Beaux Mots devenus vivants, poussière étoilée et resplendissante, froufroutant comme un ange.

Le docteur s'en va. Papa me donne un bisou sur le front. Tu veux ton livre ? Je fais oui. Tu veux dormir un peu ? Je fais oui. Et il redescend. Je prends Patrovite sur mon cœur. Je la serre tout contre moi. Elle met un terme à mon ennui. Elle est la fin de ma solitude, mon remède inattendu.

Larmes gratitude. Tortue guérison.

Mon cœur vient de prendre un coup de mieux. Linda arrive. Je lui tends les bras. *Help me, please.*

Juré, craché. Je vais me remettre à marcher, retourner à l'école où vient souvent le bibliobus. Des livres, des livres, il me faut des livres.

Un jour, un beau jour, j'inventerai des mots comme « patrovite ». Anges-oiseaux, ils voleront dans les chambres des enfants malades.

Joues pétales de pivoines. Cœur soleil levant.

Ei – 10

C'est en forgeant qu'on devient forgeron, disait Monsieur Houle à mon oncle Xavier. Appuyée sur cette idée comme sur une chaise, j'arrive à me tenir debout, à faire un pas, puis deux et trois et onze, la distance entre mon lit et la fenêtre. Pendant des jours, avec prudence, je répète ce trajet jusqu'à ce que je parvienne à une certaine assurance. J'appelle mon papa. Il est trop surpris pour me disputer. Je lui demande d'appeler le docteur ; je veux la permission de retourner à l'école. Je travaille autant qu'un forgeron afin de guérir. Les mots sont mon enclume, ma volonté, mon marteau. Je me dis qu'avec les livres, avec les mots comme béquilles, on sort les enfants de leur lit de fièvre.

Je n'ai plus le temps de jouer aux *Cut-Outs* avec Linda. Je lis les livres d'Angleterre de papa. Je n'y comprends pas grand-chose, mais je fais de mon mieux. Je suis défricheuse. Je lis tout ce qui me tombe sous la main. Si je veux écrire des livres quand je serai grande, il faut que j'en lise ! J'ai une routine. Je me lève, je m'habille et je m'assieds dans mon fauteuil.

Papa m'apporte mon déjeuner. Après avoir mangé, je fais le tour de ma chambre. Mon cœur prend son temps et la fièvre n'est plus qu'un doux ronron. Pour l'école, le docteur, étonné, dit oui, mais il impose des conditions. Je les accepte toutes. Dans trois semaines, si tout va bien, je pourrai passer une journée à l'école. Aujourd'hui, ce sera l'escalier. Ouf! Courage, Mita, dit papa. Seulement quelques marches. Je suis pomme d'api d'effort soutenu, le bout de la langue sorti.

Pour aller à l'école, je dois porter un corset orthopédique. Ma colonne vertébrale a été affectée par la maladie et je suis un peu voûtée. Le corset, une série de bandes de métal recouvertes de tissu, redresse mes épaules et me garde toute droite. Il me couvre le dos du cou à la taille. Je l'enfile et l'attache à la ceinture. Ça me blesse, surtout sous les bras. Horrible, mais je suis prête à tout pour retourner en classe.

Sœur Saint-Edmée est contente de me voir. Si je suis trop fatiguée pour rester à l'école toute la journée, papa viendra me chercher. Mon cœur bat un peu vite, mais c'est parce qu'il est content. L'occasion de lire des livres et de chercher des mots patrovite me donne des forces.

En après-midi, des porte-parole de la Société protectrice des animaux viennent dans la classe. Ils lancent un concours de composition pour toutes les cinquièmes années de la ville. Nous sommes invités à écrire une histoire sur un animal de notre choix. J'ai le visage un peu radis et mon cœur bat vite. Je souris pour rassurer la sœur, pour qu'elle voie que je suis folle de joie.

Dès mon premier jour d'école, je suis comblée.

Lorsque les gens partent, je demande la permission de rester à l'intérieur pour la récréation. Non, je n'ai pas de malaise, c'est que je ne peux pas courir avec les autres enfants. Petit vrai mensonge de rien du tout. Je veux me mettre au travail. Avec l'aide de ma tortue préférée, je vais écrire une histoire exceptionnelle. Non, je peux faire mieux que ça : une histoire mirobolante !

À la maison, je raconte, cent milles à l'heure. Mes parents sont contents. Maman veut que je me couche de bonne heure, car j'ai les yeux cernés et je suis essoufflée.

– Tu n'es pas obligée de retourner à l'école demain. On peut espacer les visites.

– Les visites ? Je ne suis pas en visite à l'école. J'ai du travail à faire, maman.

– Tu as des devoirs ?

– C'est le concours.

– Le concours ?

– Le concours de composition. Chaque jour, on peut prendre du temps pour écrire notre histoire.

– Tu vas trop te fatiguer.

J'ai soudain les yeux pleins de larmes.

– Bon, bon. Tu peux y retourner si c'est si important que ça.

Ma voix tremble.

– C'est très important, maman.

Jamais je ne parlerai à un adulte de Patrovite. Elle est mon plus grand secret. Je monte à ma chambre et je mets mon pyjama. Écroulée sur mon lit, je m'endors sans bisou, sans prière.

Je vais de mieux en mieux. J'écris de plus en plus.

Avec des mots, je dessine un monde introuvable sur les cartes de l'Atlas. Mon Nouveau Monde à moi. Je le bâtis à cœur de jour, à cœur de phrases. Il n'y a ni maladie ni arithmétique dans mon monde, et tout y est possible, les soleils à voilettes noires comme les nuits aux gants jaunes.

Et personne ne peut me le ravir.

Un oiseau blessé, son aile brisée. Il est recueilli par une fillette de mon âge. Elle lui fabrique un lit d'hôpital dans une boîte à chaussure. L'oiseau se laisse soigner et est rapidement apprivoisé. Pour faire honneur à Patrovite, je comprime deux mot dans ma composition et en écris un tout nouveau : *ti-toiseau*. Et le *ti-toiseau* s'appelle Plumette. Pour l'enfant, il devient un confident irremplaçable.

Sœur Saint-Edmée nous dit que dans une histoire, il y a toujours un moment très important pour le personnage principal. Quelque chose doit changer pour faire voir son cœur.

Je consacre tout mon temps libre et toutes mes forces à mon histoire. Les participants doivent bientôt remettre leur travail. La maladie ? Quelle maladie ? Mon cœur ? J'ai du cœur au cœur. Je vais à l'école comme les autres enfants. J'attends la journée du bibliobus avec impatience. J'y trouve toujours un Tintin. Dans chaque livre que j'emprunte, je cherche des mots peu communs ou des mots allumettes qui mettent le feu à mon imagination. Quand j'en trouve, je les copie dans mon Beaux Mots, où j'ai créé une section de mots de ma propre confection. Comme *ti-toiseau* et *Mononklabbé.*

Au bout de mes doigts, pour l'oiseau blessé, le

plumage de son hibou. Sa douceur.

Et le moment important. Lorsque le ti-toiseau est guéri, la fillette au cœur tristounet le laisse s'envoler. Il revient se percher sur sa main un instant, puis il répond à l'appel du ciel. J'ai pensé à Mononklabbé en écrivant ça. Il me semble que c'est lui mon oiseau envolé. Parfois, quand on aime, il faut laisser partir.

J'écris ma bonne copie. La nouvelle sœur directrice entre dans la classe. Elle me voit écrire de la main gauche. Elle fait non de la tête. Je dois recommencer de la main droite. Je m'exécute, mais c'est tout barbouillé. À la maison, je raconte. «Pas encore ça», dit papa. Le lendemain, nous allons directement au bureau de la sœur directrice. «Bonjour ma Sœur, dit-il. Ma fille est gauchère. Au revoir, ma Sœur.» On ne discute pas avec mon papa. Soulagée, je reprends ma composition de la main gauche. Quand j'écris, ma main revient vers mon cœur. Chez les droitiers, elle s'en écarte. Dommage pour eux.

Je vais très bien à l'école. J'ai de bonnes notes. En tout. Sauf en arithmétique. Pleurs et grincements de dents. Rien à faire. Arithmétique = cauchemar. Quand ce monde-ci ne me convient pas, j'en invente un autre à mon goût. Les livres que j'emprunte du bibliobus m'ouvrent des portes sur toutes sortes de mots et de mondes. J'en raffole. Je lis donc très bien et je fais rarement de fautes dans mes dictées. De temps en temps, mon cœur fait ba-da-boum, mais le docteur Bourque dit qu'il faut être vigilant sans s'inquiéter.

Les représentants de la Société protectrice des animaux reviennent pour annoncer le nom du gagnant du concours. Il y a de nombreuses classes de cinquième année dans la ville et les chances sont minces que le gagnant se trouve dans la nôtre. Je ne crains rien. J'ai lu *Patrovite*, moi. Et puis si ce n'est pas cette fois, un jour je gagnerai un concours et il sera encore plus intéressant, plus important. Mon ange gardien se croise les bras et me sermonne.

– Il faut y croire, il faut absolument y croire, mon enfant.

– J'y crois, j'y crois, mon ami!

Comme prix, on offre une grosse pile de livres de la collection Littérature jeunesse. Je retiens cette expression que j'entends pour la première fois.

Je suis en train d'échafauder un avenir rempli de mots « littéraires », mot magnifique, que j'adopte tout de suite. Les applaudissements fusent tout à coup. Sœur Saint-Edmée est à côté de moi.

– Cesse de rêver. Tu es la gagnante du concours.

Je sens alors mon ange-hibou-toiseau prendre son envol et je grimpe sur ses épaules. Je plane au-dessus de la classe. Mon cœur fait ba-da, ba-da-boum. La fièvre monte et rosit mes joues. C'est une fièvre de ferveur, une échappée dans le ravissement et la félicité.

Les mémoires d'un âne, de la Comtesse de Ségur, *Le Petit Chose*, d'Alphonse Daudet, *Le grand Meaulnes* d'Alain Fournier, *Michel Strogoff* de Jules Verne. Je n'ai pas le temps de les regarder tous. On applaudit encore. J'ai les bras chargés de livres. Un vacarme éclate dans ma tête. Mon ailleurs irrésistible est illuminé de toutes parts.

Les beaux livres viennent tous de la France. Il n'y en a aucun d'ici? Un jour, j'écrirai dans *ma* langue, dans *mon* pays. Je n'ai que dix ans, mais d'ici là, je me préparerai, je lirai, je dénicherai et rafistolerai les mots pour en construire de nouveaux et insoupçonnés. Je me ferai forgeron ; je les battrai sur l'enclume de mon imagination pour qu'ils ressemblent à l'impossible. Pour faire rêver ceux qui n'osent plus.

Papa et maman sont contents. Ils admirent tous mes beaux livres. Maman en a déjà lu quelques-uns. On aimerait que je travaille plus fort en arithmétique, toutefois.

Pour les félicitations, il n'y en pas eu ni d'Anna ni de Vénérance.

Un gros bisou à Patrovite avant d'aller dormir.

Quand je serai grande, je ferai rayonner la beauté.

À ma façon.

De mes feux d'ange et de fièvre.

Épisode 2

On a dix ans, ou quinze ans. On ne sait pas alors qu'on est
en train de traverser la chambre en feu de la vie,
celle dont la fenêtre donne sur l'éternel.
Christian Bobin, *La grande vie*

E2 – 1

Finie l'arithmétique. Au secondaire? Le calvaire des mathématiques. Supplice invivable. Mon vocabulaire durement acquis est d'une inutilité absolue.

Je porte un uniforme à boléro et des chaussures Oxford on ne peut plus laides. Ici, les religieuses sont des mères. Avec pignons sur front, les Dames de la Congrégation nous mènent comme un peloton de cavalerie. Nous obéissons comme les filles sages que nous sommes toutes. Enfin, presque toutes.

J'ai la permission de porter des bas de nylon pour aller au couvent, mais je dois contribuer à leur achat. Il faut faire bien attention avec les bas de nylon. Monique avait une échelle dans un des siens, l'autre jour, et mère Saint-Olivier lui a demandé de retourner chez elle, car elle faisait honte au couvent. Lorsque Monique a porté son nouveau mascara, mère Saint-Olivier l'a traitée de « catin » et l'a renvoyée chez elle se laver.

J'aime bien Monique. Un tantinet rebelle. Nous prenons le même autobus pour aller et revenir de l'école. De jour en jour, notre amitié grandit. Après un conciliabule important, nous avons décidé de faire un voyage en Europe ensemble quand nous travaillerons.

Pour devenir fille autonome et avoir quelques dollars à dépenser pour les bas de nylon, j'ai trouvé du travail chez Freiman. Le vendredi après l'école, je change de vêtements et je marche jusqu'au magasin. À mon arrivée, comme au départ, je place la carte qui porte mon nom dans la poinçonneuse. Je travaille dans le sous-sol du magasin, au rayon des sous-vêtements. Je plie et je replie, je place et je replace les petites culottes que les clientes ont dépliées et déplacées. Je trouve le temps long mais, depuis l'enfance, j'ai une façon de m'évader surplace et je tiens bon.

Le gérant du département s'indigne souvent. Il n'aime pas ma façon de plier les petites culottes. S'indigner pour des caleçons, franchement… Quand j'ai appris à ma mère que je travaillais dans le rayon des soutiens-gorges, elle m'a dit en souriant que ce n'est pas la gorge du tout que ces sous-vêtements soutiennent. Mais bon. Je ne suis pas d'une grande efficacité dans ce département. Je range selon les indications : *small, medium, large, xlarge*. Je suis replaceuse de *Ladies' Undergarments* chez Freiman. Quand c'est l'heure de la pause, je monte quelques marches et je savoure un délicieux *malted milk* en lisant un livre.

Je lis, tout le temps et partout. Je prépare un jardin avant de l'ensemencer. Je suis une terre de labour qui donnera un jour une belle récolte. Non, une récolte abondante. Je cesse d'utiliser le mot « belle ». Les p'tites culottes de chez Freiman sont belles. Voilà !

Au rez-de-chaussée du grand magasin, il y a un

coin librairie. La gérante, Diana, a les cheveux blonds, très crêpés, aux racines noires. Sa coiffure est comme un casque. Son maquillage ressemble à une croûte et dégage une odeur à faire éternuer les clients. Son rouge à lèvres humilie les néons des boulevards de New York. Elle porte des jupes très ajustées et des talons si hauts que parfois elle vacille en marchant. Elle a toujours le sourire un peu beurré. Les employés des autres départements sont très respectueux. Elle tient la librairie depuis très longtemps. J'aime bien Diana. Elle gravite autour des livres en souveraine. Une planète en orbite autour de son soleil. Souvent, avant de me rendre au rayon des p'tites culottes, je m'arrête dans son domaine et je bouquine. De temps à autre, elle se permet une minute de répit, car ses chaussures, déformées par de gros durillons, la font souffrir. Diana, un excellent personnage de roman.

Je viens si souvent à la librairie qu'elle finit par me demander dans quel département je travaille. *Ladies' Undergarments.* Elle voit que j'aime les livres et me demande si la librairie m'intéresse. Je rêve de sortir des p'tites culottes. À la fin de la semaine suivante, me voilà attitrée au *Book Nook*.

Depuis que j'ai changé de département, j'ai le temps d'étudier les livres, de les placer, les déplacer, les mettre en évidence. Il n'y en a pas beaucoup en français, mais je tente d'attirer l'œil des clients par des présentations intéressantes. Un travail plus captivant que les p'tites culottes, en tout cas.

Souvent, le samedi, Diana me donne sa liste d'épicerie. Mes pauvres pieds, vois-tu, soupire-t-elle. Je joue à l'agent secret pour sortir de chez Freiman et me rendre au supermarché. Diana se nourrit d'aliments que je ne connais pas. Pas très appétissants, à vrai dire. Il n'y a rien à craindre pour mon travail, car c'est elle la patronne. Lorsque c'est à mon tour de prendre la relève du *Book Nook,* je me donne des airs d'experte.

Mère Sainte-Hélène-Claire nous enseigne la littérature. Pour nous, elle a choisi *Polyeucte*. Avec des noms comme *Polyeucte* et Corneille, les textes nous paraissent d'un ennui à faire sangloter les pierres. La mère nous dit qu'il s'agit d'une pièce importante, la première tragédie chrétienne. Les martyrs, moi... Au programme, il n'y a rien d'écrit dans ma langue provenant de mon pays. Un jour, je changerai ça.

Dans le cours, mère Sainte-Hélène-Claire en vient à parler des poètes français. Des noms qui font musique, qui font rêve et fièvre. Surtout, dit-elle, *surtout,* ne lisez jamais *Les fleurs du mal* de Baudelaire. Ce livre est à l'index. Il est proscrit. Il vous vaudra d'être excommuniée.

Avant d'aller travailler, je vérifie dans le dictionnaire de la classe. *Excommunier*: Retrancher (qqn) de la communion de l'Église catholique. *Index*: catalogue des livres dont le Saint-Siège interdit la lecture, pour des motifs de doctrine ou de morale.

Oh... C'est sérieux.

Or, il a suffi de me dire de ne pas lire Baudelaire... Le livre est sur les rayons chez Freiman. Tentation dangereuse. Il y a des femmes nues sur la couverture. Sur la page arrière se trouve une photo de Charles Baudelaire. Figure tourmentée! Triste biographie. *Dandysme échevelé*. Qu'est-ce que ça peut bien vouloir dire?

En cachette, je cherche dans le dictionnaire des

noms propres. Pour ne pas me faire prendre, je fais vite. Le *poète maudit* vit en marge de la société et se livre à toutes sortes d'excès? On y explique que Baudelaire veut détacher sa poésie de la morale et la destiner à la Beauté.

J'en ressors encore plus confuse. Il faut souffrir pour être poète? C'est contre la morale? La poésie est mise à l'index parce que sa beauté est une offense? À qui, à quoi? Je ne vois pas. Pas mal compliqué. Je ne comprends plus rien.

Tout de même...

Lorsque Diana prend sa pause, j'achète *Les fleurs du mal*. Si maman apprend ça, elle ne me le pardonnera pas, elle dont la foi est inébranlable. Il faudra bien cacher le livre, sinon mère Sainte-Hélène-Claire se réjouira de mon excommunication!

Dilemme. Mon amour des livres me mène dans des sentiers périlleux. Mais je veux savoir. J'ai besoin de savoir. J'hésite. Puis j'ouvre le livre, au hasard. Page 37. *La chevelure*. Il ne peut pas y avoir de mal dans une chevelure. Je vérifie autour de moi. Aucun client.

O toison moutonnant jusque sur l'encolure!

Symphonie! Mer sonore. Rythme obsédant. Je relis et je continue.

O toison moutonnant jusque sur l'encolure!
O boucles! O parfum chargé de nonchaloir!

Nonchaloir. Mot inconnu, inespéré. Le Mello-Roll de Monsieur Houle, un caramel fondant. J'ai les yeux dans l'eau. Un regard furtif tout autour. Il n'y a encore personne dans la librairie. Je poursuis.

Un port retentissant où mon âme peut boire
À grands flots le parfum, le son et la couleur;

Boire le parfum, boire le son, la couleur. Images saisissantes! La colère se réveille sous ma peau comme un loup tout de crocs. Morsure de feu, ses dents dévorant mes certitudes de petite vendeuse couventine.

Pourquoi? Pourquoi interdire une telle perfection? Mon cœur trépigne et piaffe d'indignation et d'extase. Je veux hurler. Je foule enfin le chemin de la terre promise. Je suis atteinte d'un mal aussi beau qu'inguérissable. Un purifiant magma coule dans mes veines. La poésie me tourmente. De page en page, je passe de ravissement en ravissement. De brûlure en brûlure.

J'ai emprunté la lampe de poche du tiroir fourre-tout. Caché sous les couvertures, je me délecte des *Fleurs du mal*. Je n'en dors pas. Je suis amoureuse du poète maudit. Ses vers m'éblouissent, attisent mon désir. Comment en arrive-t-on à écrire ainsi? Est-ce que tout le monde s'exprime de cette façon en France? Lorsque Monique et moi ferons notre voyage en Europe, j'écouterai les Français pour voir s'ils parlent tous comme Baudelaire.

Je me fais une liste de mots à vérifier dans le dictionnaire de chez Freiman. Je ne peux pas chercher ce vocabulaire au couvent ou à la maison. Les sœurs ou mes parents pourraient me surprendre. Il faut trouver des cachettes sûres pour ne pas éveiller les soupçons.

Liste 1:

- quinquet
- cahute
- raillerie
- glabre
- lascif
- philtre

Ouf! Avec une interminable liste, j'aurai besoin de cahiers supplémentaires et de beaucoup de temps.

– Mita?

– Oui, papa

– Je cherche la lampe de poche. Tu l'as vue?

– Euh…

– Elle n'est pas dans le tiroir.

– Je l'ai empruntée.

– Pourquoi?

– Euh, pour aller aux toilettes la nuit.

– Ah bon?

Entre Baudelaire et les p'tites culottes, une obsession s'est allumée.

Radieux et fécond embrasement.

E2 – 2

Les filles de mon couvent vont au restaurant Del Mar et les filles de l'autre couvent vont au Del Rio. Certains jours après l'école, avec Monique et d'autres filles de ma classe, le pèlerinage est de rigueur.

Quelques-unes de ces filles sont de parents riches. Elles ne travaillent pas. Je ne sais pas comment les aborder. Je m'efforce de faire partie du groupe, mais souvent, je sens que je n'y ai pas ma place. Maman dirait ça rempironne au lieu d'emmieuter ! Les filles sont bonnes en mathématiques. Elles savent que je n'y arrive pas mais, au moins, elles me consultent pour les travaux de grammaire.

Dès l'arrivée au Del Mar, c'est la ruée vers les toilettes. Urgence de mascara et de rouge à lèvres. Je n'en ai pas, alors Monique m'en passe. Au début du secondaire, j'ai congédié mon corset orthopédique parce qu'il me faisait trop mal. Il paraissait sous l'uniforme, même avec le boléro. Même ajustable, il ne me faisait plus vraiment. Je me sens tellement mieux sans ces abominables barres de fer.

Une fois recoiffées et maquillées, nous prenons place à la même banquette que d'habitude, celle où on peut bien voir et être vues. Nous attendons.

Les garçons du secondaire arrivent un peu après nous. Ils prennent place en parlant fort, en faisant du bruit. De chaque côté du restaurant, les regards se posent et se dérobent. Saluts et bonjours ici et là. Une des filles est dans les pommes parce que celui qui s'appelle Robin lui a souri.

Grâce à mon salaire, 50 cents de l'heure chez Freiman, je me permets une petite collation. Au Del Mar, on mange les frites avec de la sauce. Tout à fait dégoûtant mais, pour faire comme tout le monde, je commande *Chips and gravy, please*. Avec un Coke. Les filles se donnent des airs, gesticulent et parlent fort pour impressionner la galerie masculine.

Les assiettes arrivent. Je triture, par-ci par-là, une frite ou deux. La sauce me lève le cœur. Les frites dorées et croustillantes ramollissent. C'est de la vase. Monique me conseille de commander sans sauce, mais il m'est impératif de faire comme les autres. Question d'appartenance. *Chips and gravy*, ce n'est pas un plat, c'est un rituel.

Le temps prend tout son temps au Del Mar. Je ne tente pas d'attirer l'attention des garçons ; leur univers me fait peur. Qu'est-ce qui peut bien les intéresser ? Ils n'ont pas lu *Les fleurs du mal*. Ils font du sport, ils parlent de hockey, de football. Depuis que mon cœur est endommagé, je ne fais pas de sport. Je n'ai donc rien en commun avec les garçons. Rien à leur dire. Ils sont sans intérêt.

Les filles pataugent dans leurs plats et lorgnent leurs

voisins. Je ne bouge pas, au contraire je me retire. Mon ange gardien m'a montré le chemin, merci beaucoup. Je n'ai plus besoin de ses ailes, j'ai les miennes. Ce sont messieurs Baudelaire et Lamartine qui me les offrent. J'ai récemment découvert Lamartine. *Méditations poétiques*. Chez Freiman. Au magasin, il n'y a personne pour me juger, me condamner. Si les garçons voulaient parler poésie, alors là, oui!, mais peine perdue. Les filles du CND non plus ne connaissent pas ces noms évocateurs. Ni les livres à l'index.

Je m'ennuie. Tout à l'heure, je lirai dans l'autobus. Une porte ouverte sur la beauté, sa grâce, sa délicatesse. Un enchantement. L'élégance des phrases me fascine. Personne ne parle ainsi. Même pas mère Sainte-Hélène-Claire. Qui n'a jamais lu Baudelaire. Ne le lira pas. Les copines non plus. Pourquoi tourner le dos à une langue recherchée, à sa distinction? Quelles trouvailles dans l'interdit. J'ai du chagrin pour ces filles qui macèrent dans leur fricot infect.

Et si je leur parlais de chevelures, de toisons et de boucles? Je parie qu'elles le diraient à la directrice. Je serais renvoyée, bannie, répudiée.

Un bon coup de coude de Monique me ramène sur la banquette. Après avoir englouti leurs frites, les filles picorent dans mon assiette. Allez-y, mes amies, c'est trop gluant pour moi. Au moins, je fais durer leur plaisir.

Je sirote mon Coke lentement. Ce soir, c'est le tuteur. Mes parents le paient pour m'aider à comprendre le charabia impénétrable des mathématiques. Je n'aime pas ce monsieur brusque et sévère. Plus il explique, moins je saisis. Il a le visage *glabre*. Papa a la barbe forte, lui. Des p'tit bois! Frustré, le professeur me parle fort. C'est inévitable, la digue finit par céder. Je pleure en silence. Rien à faire. Un rempart s'est élevé en moi. À l'école secondaire, il s'allonge et s'élève. Je suis une muraille de Chine.

J'ai besoin d'une personne qui ne me reprocherait pas mon manque et chercherait à le combler. Une personne qui me parlerait en images. Je réussis très bien les autres matières, mais j'accumule un déficit en mathématiques. Il risque de devenir irrattrapable, selon mère Saint-Joseph. Je me creuse un abîme. Je ne passerai pas ma douzième année.

Il faut que je quitte le Del Mar. Je n'en peux plus. J'ai le cœur dans un étau. Et puis sortir d'ici pour intégrer le monde des équations… Enfer pour enfer! Je n'ai de place nulle part. Ce n'est pas la faute des filles, elles ne comprennent tout simplement pas. Les seuls bras qui savent me consoler menacent ma réputation et mon âme.

Je mène une vie de bête dans sa tanière.

J'aurais mieux fait de rester dans le département des p'tites culottes.

Je quitte le Del Mar en battant des paupières pour réprimer les larmes. Robin se lève. Je le vois de près. C'est vrai; il est beau garçon. Il a les cheveux très noirs. *O toison moutonnant…* Il se plante devant la porte.

– Tu aimes les *chips and gravy*?

– Non.

– Moi non plus.

– Trop gluant.

– Ouais.

– …

– Après l'école demain, tu veux aller prendre un Coke au Del Rio avec moi ?

Je reçois sa question comme un coup de poing dans le ventre.

Parcourir des siècles et des lieues pour retrouver ma voix égarée. Le regard des filles dans mon dos. J'appelle au secours. Mon for intérieur mobilise les forces nécessaires pour enfin balbutier :

– D'accord.

Il m'ouvre la porte.

– À demain ?

– À demain.

Il retourne à ses copains.

Dehors, je respire enfin. J'entends ses amis applaudir. Les filles sont bouche bée.

Un nuage m'enrobe. Il m'accompagne sur le trottoir, marche dans mes pas. Il rougit mes joues et chauffe mon sang. Je connais le feu de la fièvre et celui des mots. Celui, vivifiant, des poètes. Mais cette chaleur est tout à fait nouvelle. Un garçon m'a invitée pour la première fois. Et j'ai accepté. Le trottoir se dérobe sous mes pas. L'air se raréfie. Je dois réapprendre à marcher, à respirer.

Qu'est-ce que les filles vont penser ?

Je prends l'autobus. Nous circulons dans les rues qui me ramènent à la maison. Fébrile, je déniche Lamartine de mon sac d'école.

Ainsi toujours poussés vers de nouveaux rivages,
Dans la nuit éternelle emportés sans retour

Ne pourrons-nous jamais sur l'océan des âges
Jeter l'ancre un seul jour?

Jeter l'ancre. Dans un livre. Océan salvateur. Flotter sur ses mers tropicales. Le rêve comme horizon, la poésie comme lointain rivage. En compagnie d'êtres maudits. Gestes beauté. Répit d'impuissance. Trêve de détresse. Cure de splendeur.

Mots-colombes roucoulants.

Soleils caresses.

Éternité, néant, passé, sombres abîmes,
Que faites-vous des jours que vous engloutissez?
Parlez: nous rendrez-vous ces extases sublimes
Que vous nous ravissez?

Sublimes extases littéraires. Obsédantes images. Le quotidien adolescent. Sans envergure. Les jours engloutis de misère, de rengaines dénuées d'inspiration et d'idéal.

Je glisse dans le néant et les abîmes de Lamartine. J'ai mal à la vie de couvent, à ses interdictions, sa censure.

Dévorer des livres en cachette, chercher, dans un dictionnaire du *Book Nook* de chez Freiman, un vocabulaire que personne n'utilise. Faire des listes de mots qui ne serviront jamais. Pourquoi donc? Parce que, une fois la page 37 lue, impossible de faire marche arrière. Il faudrait me menotter, m'arracher les yeux et le cœur.

Je me ressaisis et referme le cahier où j'ai copié le passage. L'heure est aux décisions. Je serai forte et déterminée comme je l'ai été enfant.

Robin n'en saura rien. Je ne veux pas passer pour une pimbêche ou une hérétique.

Une sirène me sort de ma torpeur. À toute vitesse un camion de pompier dépasse l'autobus qui s'est rangé. Là-bas, une fumée monte en noirs tourbillons.

Je suis un volcan cracheur de feu.

E2 – 3

Pour l'Histoire, mon pays n'en a pas, faut-il croire. L'Europe, oui. Des noms à coucher dehors. *Metternich*. Celui qui dit à Napoléon : *Vous êtes perdu, Sire*. J'ai mon propre *ti-Metternich* dans la tête qui me répète constamment : *Vous êtes perdue, Demoiselle*. Dans le cours de monsieur Leroux, qu'on entend venir de loin avec ses godasses de fermier, mon pays n'existe pas.

Au couvent, rien de vivant. Que le quotidien – algèbre, géométrie, interminable calcul. Me lever en pleine classe et lire à haute voix *La chevelure* ? *Le lac* ? Une résurrection de ma langue, de sa culture d'origine. Au lieu, échecs et réprimandes.

À ce rythme, je ne vivrai pas longtemps. Mon seul plaisir est inavouable. Le médecin inconnu de l'hôpital avait peut-être raison. Mon cœur éclopé ne tiendra pas le coup. Il perd son sang à longueur de journée. Dans la salle de bains, chez moi, il y a une petite pharmacie. Parfois, je suis tentée d'avaler tout ce qu'elle contient de comprimés.

Les examens. Pour l'Histoire, c'est facile, il s'agit de

régurgiter le cours de Leroux à sabots. Pour le cours d'anglais, on en sait plus que mère Saint-Olivier, qui nous l'enseigne cette année même si elle n'en parle pas un traître mot. Il faut parfois lui indiquer la signification de certains extraits dans *The Merchant of Venice*. Moi, je lis Shakespeare depuis l'âge de dix ans. Pour le français, je suis une des plus fortes de la classe. Toutefois, avec mes fiascos-mathématico-horribilus, ma moyenne baisse. J'ai l'enthousiasme écorché, lacéré.

Pour l'examen de composition, je vais sortir les mots de mes cahiers, bleus, tous. Je vais m'exprimer à la *Patrovite* et à la Baudelaire et impressionner mère Saint-Bernard. Je connais les temps de verbe et les règles du participe passé. Je maîtrise le conditionnel et le subjonctif et une fierté s'est glissée dans ma façon de parler et d'écrire. Plusieurs des filles ne savent pas encore employer ces modes, mais elles savent trouver le x des équations.

Je ne sais pas s'il y a des femmes qui écrivent dans ma langue dans mon pays. S'il y en a, elles ne sont pas au programme de français du couvent. Toutefois, il y en aura une, un jour. Garanti!

La veillée de Noël n'est pas un thème très original, mais bon. Nous avons une heure. Je commence par mâchouiller mon crayon. Alors: ...Un enfant... une petite fille... attend le Père Noël. Pensive, au bord de sa fenêtre... elle surveille le ciel... Est-ce bien le traîneau... Attendre... Veiller... Oui! C'est ça. Veiller le grand événement de Noël. Pour mère Saint-Bernard, il faudra mettre l'Enfant-Jésus quelque part. Une crèche au beau milieu d'un paragraphe devrait faire l'affaire.

Alors, la petite fille prie. Elle demande à l'Enfant-Jésus, dont ce sera l'anniversaire cette nuit, de bien vouloir lui accorder les cadeaux qu'elle croit mériter. On sentira la curiosité de la fillette pour l'invisible. On entendra ses pensées. On s'attendrira devant son innocence. Elle trouvera la veille pénible, ne voudra pas dormir, même pas fermer l'œil un instant, de crainte de manquer l'arrivée du Père Noël. Il y aura des mots d'enfant dans des phrases candeur.

Pendant une heure, je suis là où les enfants rêvent à leurs étrennes aux fenêtres de l'impossible. Le sang chantonne tout carmin dans mes veines, il rougeoie pour solliciter les mots et les images. Je rêve tout bas en prêtant à une enfant la faim des songes qui m'habite.

Pendant une heure, une chose brisée est recollée, une plaie s'est refermée. À la fenêtre de l'enfant, le ciel m'incite à quitter ma condition, sa lourdeur, sa conformité et son odeur de cloître. Une sérénité me berce comme une grand-mère son petit. Moment de répit, entracte dans l'adolescence et ses revers. Une heure comme sortie de cage, comme permission, une lumière-salut tel un phare en mer-orage. Mon encre comme sortie de geôle.

Je remets mon travail à la fin d'une heure de plénitude. Je sors de la classe, sonnée comme si je revenais d'une contrée lointaine; les couloirs de bois, craquant sous mes Oxford, me rappellent une prison réintégrée.

Dehors, je fredonne *Petit Papa Noël. …Mais avant de partir, il faudra bien te couvrir, dehors tu vas avoir si froid. C'est un peu à cause de moi.*

Bien sûr que j'ai raté mon examen de mathématiques.

Je ne sais pas pourquoi je l'ai écrit. La mère aurait tout aussi bien pu me mettre un beau gros zéro tout de suite. Mes parents sont au bout du rouleau. Ce n'est pas la matière qui est le problème, c'est moi.

Mère Saint-Bernard arrive dans la classe, une pile sous le bras. Elle ne me donnera pas 100 %. Personne ne décroche des notes parfaites au couvent. J'ai lu et relu mon texte avant de le rendre. Pas de fautes d'orthographe ou de grammaire. Ma composition est belle. Ah oui, je n'utilise plus du tout le mot « belle » depuis « belle » lurette ! Ma composition est… charmante. Douce. Ses mots apaisent. Elle est ma façon de faire voir que je ne suis pas une tarée, mais une brûlure ambulante, une altérité en souliers lacés.

À mon tour. J'ai les joues rouges comme lorsque j'étais enfant et que la maladie me fardait de ses couleurs. La mère me remet ma composition sans lever les yeux. 40/100. Pas possible ! 40 % ? Il y a une erreur. Je n'ai pas passé mon examen ? De composition ? Je suis figée devant son bureau. Encore des larmes. Toujours des larmes. Elle lève enfin les yeux :

– Vous n'avez pas compris le titre.

– Le titre ? *La veillée de Noël.* Mais, Mère Saint-Bernard, l'enfant veille.

– Veillée comme nom, pas comme verbe. Vous avez mal compris.

J'ai mal compris ? J'ai mal compris ? Mais c'est elle qui n'a rien compris. On ne limite pas les mots ainsi ! Ils font ce qu'ils veulent, les mots ! Ils ne permettent pas qu'on les juge, qu'on les classe une fois pour toutes. Ils sont libres, les mots. Allez, ma mère, demandez à Baudelaire, à Lamartine.

Même ce que je fais de bien, je le fais mal. Et soudain, je deviens l'enfant de ma composition, penchée à la fenêtre de l'espoir. Il n'est pas ici, l'espoir, il s'en est allé dans l'azur étoilé avec le traîneau du Père Noël. Cabossé, il a oublié de déposer dans *mon petit soulier* les mots qui me rachèteraient. Un précipice s'ouvre, béant, dans ma fragilité. Je suis un fleuve coulant à sa perte, inondant les champs si durement labourés, emportant vers des marais glauques et oppressants où fourmille la vermine du désenchantement et de la déréliction, où s'épanouissent les fleurs empoisonnées de la disgrâce, de précieuses semailles de prose et de poésie germées depuis l'enfance.

Dans ma poitrine, une déflagration de colère retentit. Je ne pardonnerai pas. Je n'oublierai pas. Je m'en irai là où sont alimentés les feux de l'inépuisable passion des lettres et des lumières qui n'existent pas dans ma langue, dans ma province, dans mon pays. Dans mon couvent.

Un minuit opaque s'abat.
Un charbon rouge souffle.
Je suis un fol abîme.

Ses brandons, ses gravats.

E2 – 4

Le déficit accumulé ressemble à la dette nationale. Ma douzième année est à l'eau. En catimini, je suis allée passer un test de réceptionniste chez Bell. Défaite. À la maison, j'avoue. Mes parents sont découragés. Je monte à ma chambre refuge. J'entends mon père : « Qu'est-ce qu'on va faire d'elle, elle ne sait rien faire. »

J'ai seize ans, et avec cette phrase, mon beau papa, tu me détruis.

Non, je ne suis pas nulle. Je te le prouverai. Attends. Attends. Un jour, je te le prouverai.

Ce sera bientôt la remise des diplômes. Mes copines de classe courent les magasins pour dénicher la robe parfaite. Je n'y pense même pas. Mère Saint-Joseph tient un certain discours à mes parents. Bonne fille gentille et obéissante, mais pour le reste… Elle a peut-être la vocation ? Je suis intéressée à la cérémonie de prise d'habit à Montréal ? C'est la Congrégation qui débourse les frais. Mes parents acceptent l'invitation sans me consulter. Je ne suis encore jamais allée à Montréal.

J'ai la vocation? Je hausse les épaules en guise de réponse; je ne veux pas rater mon voyage en train. A-t-on la vocation lorsqu'on congédie son ange gardien et que ce cher bon Dieu, infiniment miséricordieux, vaque à ses affaires pendant que je me morfonds dans un couvent de ruine? Je passerais ma vie à l'en remercier?

Pour mes copines, bijoux, chaussures, coiffeurs. Les chums, les bouquets de corsages, les limousines louées pour le bal des finissantes. Pour moi, la prise d'habit. Je magasine aussi. Dans le département des *Ladies' Undergarments.* De *belles* p'tites culottes neuves pour le voyage. Ensuite, baume par excellence, la librairie. *Madame Bovary*, minée par ses ambitions, *Le père Goriot*, outragé, *Le rouge et le noir*, déchéance de l'amour. L'interminable *Les misérables.* Mon maigre salaire y passe. Sur les rayons, toujours aucune femme auteure qui écrit dans ma langue, dans mon pays. Ma province n'existe pas en livres français.

Les filles de douzième année du couvent sont impatientes. Leurs yeux jettent des rameaux d'avenir. C'est la fin des études et le début d'une vie pour les jolies et les moins mignonnes, comme Fabienne qui va bientôt tenir l'épicerie de son père. Les pensionnaires s'en retourneront chez elles après la cérémonie de la remise des diplômes. Certaines vont prendre des cours de coiffure, d'autres de secrétariat. Les sœurs découragent cette profession. Les patrons sont des hommes mariés qui ambitionnent sur les jeunes filles, paraît-il. Il n'y a pour nous que trois options: religieuse, enseignante ou infirmière. Les laissées-pour-compte se feront vendeuses de p'tites culottes.

Inventer des univers, n'est-ce pas une profession? Aller voir ce qui se passe de l'autre côté de la réalité et revenir en témoigner, n'est-ce pas un métier, un apostolat? Qui comprendra, un jour? Qui m'aidera à me rendre là où les filles comme moi n'ont pas licence d'aller?

Le train. Un répit dans les jours maussades de fin d'année scolaire manquée. Voyage-ronron de rails chauffés. Une façon d'être qui m'appartient et qui demeure sans partage. Faire le tour du monde. En train, en bateau, en avion. Avec pour tout bagage des livres et des cahiers. Et des p'tites culottes de chez *Freiman's Ladies' Undergarments*. Je souris. Je suis fixée sur des images bien arrêtées, symboles de mon impuissance. Allez, désespérez, vous tous, me dis-je. Vous serez un jour étonnés. Je suis l'étrangère que vous reconnaîtrez un jour.

En train, j'ai le temps de fabuler à mon goût. Les deux autres voyageuses, un peu saintes nitouches, feront sans doute de bonnes sœurs. Blottie dans mon silence, je suis seule à écouter le clavecin des nuages du côté jour de la fenêtre.

À la maison mère, nous sommes accueillies avec sérieux. Voici la prochaine fournée de postulantes. Aussi bien nous en donner le goût. L'odeur d'encaustique se répand jusque sur les vêtements des jeunes sœurs. Elles empestent l'ordinaire et le convenu. Le sans-exception-aucune.

Au couvent, j'ai joué dans une pièce où je tenais le rôle d'une dame d'un certain âge. Avec maquillage et perruque, une démarche étudiée et un débit d'occasion, j'avais remporté beaucoup de succès. Une fleur dans un jardin de ronces. Mademoiselle Castonguay, professeur de diction émérite, entreprenait les filles du couvent pour en faire des demoiselles bien articulées au discours cohérent et harmonieux. Ici, à Montréal, la prise d'habit se joue comme du grand théâtre.

Dans la chapelle, un prêtre demande aux novices si elles sont les fiancées du Christ. Une affirmation retentit. Elles sont alors convoquées aux noces sacrées. En procession, elles quittent la chapelle et reviennent, après une série de chants et de psaumes, vêtues en mariées. Elles portent des tuniques blanches et des couronnes fleuries. Jeunes femmes-bouquets. C'est émouvant. Désarmant. D'une solennité à toucher les plus indifférents. La parenté pleure, renonce à ses filles, à ses sœurs, les offre à Dieu. Elles prononcent leurs vœux. Alors que je crois que ça ne peut être plus dramatique, elles s'allongent à plat ventre devant l'autel, les bras en croix. Elles prennent le Christ comme époux. Ce n'est plus émouvant, c'est humiliant. La cérémonie bascule dans l'abnégation. Les épousées quittent une fois de plus la chapelle et reviennent enfin, vêtues de l'habit de leur toujours et de leur jamais. Mouchoirs. Mouchoirs. Les nouvelles sœurs sont un peu rougeaudes dans leurs habits, emberlificotées dans les coiffes et les ceintures. C'est une tragédie? Non, c'est du vaudeville! Molière s'en taperait les cuisses!

Il faut que je sorte de là. Je sens que mon avenir est en perdition. Sous ma peau, il s'ébroue, se rebiffe contre cette mascarade. Il me faut un miracle tout droit tombé du ciel pour me sortir d'une apocalypse imminente.

L'objectif, affirmé dès mes dix ans, riposte. Je suis appelée là où ne vont pas encore les filles comme moi. Le vitriol de l'insoumission me brûle la gorge.

Une langue de feu palpite.

Je suis ma propre Pentecôte.

E2 – 5

Monique sait très bien que je ne m'en retourne pas à la maison. J'ai mis mon nouveau rouge à lèvres et je me suis recoiffée en quittant l'école. *Chips and gravy*? Non merci, Mona, pas aujourd'hui. Les filles vont parler du bal des finissantes, de leurs robes et de leurs bijoux, non. Je passe. Pas de limousine et pas de *gravy* non plus!

Monique veut savoir si Robin embrasse bien. Embrassée, je le suis, par des chevaliers et des dandys, par d'autres hommes que les garçons du secondaire. Et puis, ce n'est pas de ses affaires et si jamais je l'embrassais, je ne le dirais à personne. D'ailleurs, je n'ai pas encore eu le front de m'aventurer dans ces sentiers pour le moins vertigineux. J'adore le mot vertigineux. Mon cahier bleu de la petite école a fait place à un gros *Hilroy* triple. Plus difficile à cacher.

Robin m'attend. Je serai seule avec lui. Il me fait un grand sourire. Je l'aime bien, le beau Robin. Ses cheveux noirs bouclés sentent toujours bon. Ses yeux jettent des éclairs, parfois. Je n'ai jamais vu des yeux si noirs, si pétillants. Avec des cils à faire rêver.

Nous commandons des frites. *With gravy? Without gravy!* Elles arrivent, dorées et croustillantes. Nous en partageons une grosse assiette. Une larme de vinaigre pour le plaisir des papilles gustatives.

– C'était comment ?

– Tout un spectacle ! Elles étaient en blanc, ensuite en noir, c'était lugubre, tout le monde pleurait. Robes de mariées et robes de sœur avec cornettes. Et les grandes orgues de fendre le cœur des plus endurcis. Pour moi, l'important, c'était le voyage en train. Première fois que je quitte ma famille. Je ne veux pas devenir une sœur, mais je voulais bien faire le voyage pour vivre quelques heures de solitude. J'ai savouré. Et la pauvre mère Saint-Joseph qui pense que j'ai la vocation !

Robin trouve ça drôle. Nous faisons des blagues. Nous nous moquons de nos enseignants, moi avec mes sœurs et lui avec ses frères. La fin d'année approche. Nous aurons terminé notre secondaire bientôt et nous pourrons nous inscrire à l'université ou choisir une carrière. Il faut faire des projets d'avenir.

– Une carrière ? Pas moi !

Robin lève les sourcils.

– Pourquoi pas ?

– Je ne passerai pas ma douzième. Je suis nulle en maths.

– Je peux t'aider.

Pas question que je lui fasse part de mes faiblesses, au beau Robin.

– Non merci, c'est trop tard.

– Et la remise des diplômes ?

– Il n'y aura pas de diplôme pour moi.

– Si tu aurais voulu…

Oh ! Je n'écoute pas la fin de la phrase. Il a déjà fait cette faute. Je l'ai corrigé, pourtant. Maman dit toujours qu'avec des « si » il n'y a pas de « rais ». Je n'aime pas quand Robin fait des fautes de la sorte. Ça me le rend un peu beaucoup moins beau.

– Si tu ferais un gros effort…

– Arrête, Robin. C'est décidé.

– Pour continuer tes études, il faut que tu saves comment faire des maths.

Ça y est ! Il vient de se mettre les pieds dans les plats. De *gravy*. J'en ai le Baudelaire à terre. Je ne pourrai jamais présenter Robin aux amies ou à mes parents. S'il faisait une faute devant ceux qui me sont importants, je fondrais de honte. Alors, voici la dernière assiettée de *chips*. Dommage. Il est gentil, le beau Robin, mais il parle le français comme un piano désaccordé. Ça me rebute.

– Bon écoute, Robin. Je vais me chercher du travail en juin. Tu ferais mieux de te trouver une fille plus intelligente que moi.

J'ai la larme à l'œil, Robin proteste, mais grammaire oblige.

Pour l'amour de conjugaisons fautives, je ne ressens plus la chaleur de la rencontre initiale avec ce gentil garçon. La ferveur qui marchait dans mes pas, à côté de lui, s'est en allée.

Elle brûle ailleurs, je le sais, je le sens.

Dans l'au-loin.

E2 – 6

Le neveu de madame Croteau, l'amie de maman, est en douzième année. Il a d'excellents résultats en maths. Tous les jours après l'école, je m'arrête chez lui et nous travaillons. Il est plus prévenant que le tuteur. Il ne se fâche pas. Il explique si bien que deux fois sur trois, je comprends. Il décomplique. Nous avons le même manuel et les mêmes problèmes à résoudre. Est-ce que ce sera suffisant ?

Pour l'examen de composition, pas de problème. Le titre : *Les vacances*. Pas moyen de faire une erreur de sens. J'ai rédigé un texte très ennuyant où une fille en vacances à la campagne a hâte de retourner à l'école. Aucun BM. Je décroche un bienheureux 92 % !

Après l'examen de maths, les filles se rencontrent au Del Mar pour savourer leur plat préféré. Ensemble, nous refaisons l'examen pour tenter de déterminer notre note. Ah ! Je crois que c'est le premier examen que je passe, vrai de vrai. Mais le déficit est un gouffre sans fond. La remise des diplômes est dans une semaine. Mes copines ne sont pas inquiètes. Elles ont toujours passé l'examen de mathématiques. C'est ma dernière assiettée de *chips and gravy*, Dieu merci.

Pour oublier les maths et mes échecs, je vais au cinéma avec ma voisine du High School qui a passé tous ses cours. Ça coûte 25 cents au *Linden* et avec le prix de l'entrée, nous recevons de la vaisselle gratuite. Il est environ neuf heures lorsque nous tournons le coin, la vaisselle-cadeau sous le bras. J'aperçois maman sur le balcon qui fait des moulinets. Je suis inquiète. Il se passe quelque chose à la maison. Elle me fait signe de venir au plus vite.

– Mère Saint-Joseph vient de téléphoner. Elle a terminé la correction de ton examen de mathématiques. 65 %. Tu viens de passer ta douzième année !

Et elle me saute au cou. Je suis estomaquée.

– Et le déficit ?

– Elle n'en a pas parlé. Elle a dit d'aller acheter une robe pour le bal de fin d'études.

Feu furieux et rouge folie. Les portes de l'enfer se referment. Ce ne sera pas pour cette fois-ci. Je suis sauvée, sortie de prison. Libération inconditionnelle. Délire vermeil accompagné d'une tasse et d'une soucoupe. Ce que mon amie va faire en septembre ?

– L'école normale.

Je regarde maman un moment.

– Tiens ! Moi aussi. J'ai tellement détesté l'école que je vais devenir une excellente maîtresse. Les choses vont changer.

Oui, c'est en plein ça. Je vais écouter et comprendre mes élèves. Je vais enseigner de façon à ce qu'aucun enfant ne souffre comme j'ai souffert. Enseigner le bonheur, l'apprentissage facile, les tortues aux noms fantaisie. Ces mots dont le feu rachète tout.

– Il y a beaucoup de maths à l'école normale?

– Non, c'est de la pédagogie.

– Ah! ça alors, de la pé-da-go-gie.

Quel mot, quel avenir. Une brillante carrière m'attend! Je suis folle comme un balai. Maman aussi. Papa jubile.

Ma robe de bal est jaune. Beaucoup de tulle et de dentelle. Je n'ai pas invité Robin, mais André. Il est plus beau et beaucoup plus grand. Les filles sont un peu jalouses. Il ressemble à *Doctor Kildare* à la télévision.

Mes parents ont loué un chalet pour les vacances. En fin de compte, comme dans ma dernière composition, après deux semaines de campagne, je suis prête à revenir en ville et à fréquenter l'école normale, à préparer ma «carrière».

Avant la rentrée, à la télé, j'entends le discours d'un Américain. Martin Luther King. Un discours sur les droits civiques des Noirs devant une foule monstre à Washington. Il ne parle pas, il chante, il psalmodie, il brûle. Il me parle et m'invite, me fait signe de loin. Il répète: *I have a dream.*

Flamme inconnue soudain provoquée.

E2 – 7

Pas de géométrie à l'école normale. Ni d'algèbre, de physique, de chimie, mais le plaisir de créer pour son propre régal et celui des étudiants. On parle pédagogie, méthodes, matériel de soutien, jeux à confectionner. Je suis un poisson dans l'eau. Rien à craindre, je n'enseignerai jamais les maths au secondaire! Je travaille, je bricole, je collectionne des images et j'apprends des chansons. J'invente des contes aussi. En novembre, les premiers stages en salle de classe commencent.

J'ai ma première leçon à donner. J'ai bien observé l'enseignante. Elle est un peu démodée et sans sourire. Pas idéal pour des enfants de première année. Je dois revenir la semaine prochaine et présenter le conte des *Trois petits cochons*.

Mon nouveau copain est un excellent artiste. Dans du carton, il dessine et découpe le foin, le bois et les briques. Il dessine et découpe aussi les trois maisons. Je déniche un chapeau et une grosse queue de bicyclette pour le loup et des queues en tire-bouchon pour les petits cochons. Maman me prête sa rôtissoire à dinde.

Parce que j'ai beaucoup de matériel à apporter, papa remplit le coffre de l'auto et me conduit à l'école. Il reviendra me chercher après mon stage. Pas question de prendre l'autobus avec une énorme marmite.

C'est une ancienne école. Le vestiaire se trouve à l'avant de la classe, derrière le tableau et le pupitre de la maîtresse. Comme entrée et sortie, il y a une arche de chaque côté. Cela me donne une idée. Je cache mes choses dans la classe jusqu'à ce que les élèves finissent de tout ranger au vestiaire. Puis, dans le brouhaha des présences et des préparatifs, je me faufile dans le vestiaire avec mes cartons. Ils appellent ça le *cloakroom*. Une liste de mots anglais ? Un cahier vert ? Pourquoi pas ?

Je choisis quatre élèves. Avec des épingles à linge, je leur attache les queues de cochonnets et, pour le loup, la queue de bicyclette. Il porte mon chapeau rond. *Il était une fois trois petits cochons*. Lorsqu'il est question de construire les maisons, je pénètre dans le vestiaire, un élève par la main, et nous en ressortons à l'autre bout avec la botte de foin. Je répète l'entrée et la sortie avec le carton de bois, le carton de briques et deux autres élèves. Lorsque les petits cochons s'apprêtent à bâtir leurs maisons, je retourne au vestiaire avec chaque enfant et nous en ressortons avec sa maison. Les trois maisons sont enfin placées contre le pupitre de la maîtresse. Voilà que le gros loup sort du vestiaire. Il dit…

Et comme si j'étais son souffle, j'emporte la maison tandis que le petit cochon court se réfugier chez son frère. Ainsi pour la maison suivante. Mais lorsque la maison de briques ne s'effondre pas, l'élève-loup monte sur la chaise de l'enseignante et saute dans la maison de briques. Les trois petits cochons révèlent alors l'intérieur de la maison. Le gros méchant loup est accroupi dans la rôtissoire de maman et les trois petits cochons applaudissent.

Papa remet tout mon matériel dans l'auto et me reconduit à l'école normale pour l'après-midi. J'ai le temps de lui raconter l'histoire du vestiaire. Il rit aux éclats.

Dès mon retour en classe, on me demande au bureau du directeur. Oh! J'ai fait quelque chose de travers? Je me présente chez lui.

– C'est votre première leçon, Mademoiselle?

– Oui, Monsieur.

– Quel âge avez-vous, Mademoiselle?

– Dix-sept ans, Monsieur.

– Où avez-vous pris le matériel pour votre leçon, Mademoiselle?

– Je l'ai fabriqué avec un ami, Monsieur.

– C'est votre rôtissoire?

– Non, Monsieur, elle appartient à ma mère.

Comment le directeur sait-il que j'avais une rôtissoire ce matin?

– Est-ce qu'il y a un problème, Monsieur?

– L'enseignante qui vous a reçue ce matin a téléphoné dès votre départ.

J'ai fait mon travail à ma façon. J'ai raconté avec des variantes, des mots plaisir. Les petits étaient heureux. Pas assez pédagogique? J'ai le cœur à l'envers. J'ai fait une gaffe, je vais être renvoyée. Le directeur sourit.

– On demande votre spectacle dans toutes les classes primaires de l'école, Mademoiselle.

– Mon spectacle, Monsieur?

– Votre leçon est le meilleur spectacle jamais vu à cette école.

Il se met à rire.

– C'est le vestiaire, Mademoiselle, *it's the cloakroom!*

Ouf! C'est vrai que je me suis amusée avec les petits et ces courses dans le *cloakroom*. Une véritable coulisse.

– Mademoiselle, je prédis que vous deviendrez une excellente enseignante!

– Merci, Monsieur.

Je songe à mon spectacle tout en retournant à mon cours. Qui est interrompu par une annonce. Le président Kennedy vient d'être victime d'une tentative d'assassinat. On craint pour sa vie. Les cours sont annulés pour la journée. On roule un téléviseur jusqu'à l'auditorium. Les élèves intéressés peuvent suivre la situation en direct. À l'heure du souper, je téléphone à maman. Je n'ose pas m'éloigner de l'écran.

« *Ladies and Gentlemen, President Kennedy has died.* »

Walter Cronkite pleure.

L'annonce du décès du Président plonge tout le monde dans la consternation. Une rumeur bruisse dans mon cœur incandescent. Il se passe des choses là-bas dont on ne saisit pas l'ampleur. L'Histoire cogne à ma porte, comme le discours de King à Washington.

Le surlendemain, papa me conduit à l'école où je livre plusieurs fois mon « spectacle » des *Trois petits cochons,* nouvelle version. Toutes les classes ont un *cloakroom*.

– Ça promet.

– Oui papa, ça promet. Tu vois, je ne suis pas si nulle que tu le pensais.

– Je n'ai jamais pensé ça, Mita.

– Je t'ai entendu, papa.

– Oh tu sais, les parents s'inquiètent toujours pour leurs enfants, mais maman et moi avons toujours eu confiance en toi. Regarde la belle réussite que voilà.

– Merci, papa.

Dans l'auto, j'y pense. Les petits cochons sont un peu vieillots. Pour mes élèves, j'inventerai des contes à mon goût. *Les trois petits anges*, tiens. Ou encore, *Les trois petites tortues*. Écrire pour les enfants. Avec les mots de mon cahier BM, leur offrir des héros valeureux et irréprochables. Non, pas mon cahier bleu. Un autre cahier. Rouge, celui-là, tout de mots affables et chaleureux pour allumer l'imagination des enfants.

Je brille. Et mon brasillement m'éclairera, me guidera hors des sentiers battus. Mon cahier bleu n'était peut-être que ça, un prologue, un signe annonciateur.

Il faudra oublier les romanciers et les poètes interdits de chez Freiman. Remiser les Beaux Mots et leur façon de ressembler à la nécessité.

Ranger mes brûlures.

Si possible.

Épisode 3

Sans le sentiment éphémère d'être perdu, je n'aurais rien vu de ce soubassement lumineux des ténèbres, de ces roses de feu qui fleurissent entre les lignes de force du monde.
Christian Bobin, *La grande vie*

E3 – 1

Trois mille quatre cents dollars par année. Mes parents sont fiers de moi. Une année formidable à m'amuser dans le travail et à écrire des contes pour mes élèves. J'ai payé une pension mensuelle à mes parents et j'ai mis le reste de mon salaire de côté pour le voyage tant attendu. Enfin.

Tout l'été en Europe avec Monique. Notre projet a mis sept ans à se concrétiser, mais promesse tenue. J'étais le Chat botté avec son chapeau à plume et ses bottes de sept lieues. En son honneur, j'ai visité plein de châteaux d'ogres. Le plus curieux a été de changer de devises à chaque frontière. Des billets de toutes les grosseurs et de toutes les couleurs. Je me ferai un collier de la monnaie accumulée. Première bière à Munich. Pas bon. Trop amère. Mais j'ai appris à trinquer. Des sabots de la Hollande pour décorer ma classe et une bouteille de vin français pour mes parents. J'ai mangé une crêpe au chocolat à la tour Eiffel et, non, les Français ne parlent pas tous comme Baudelaire. Un peu de fièvre à Venise, mais la fièvre, ça me connaît, et je n'en ai pas fait de cas.

Coup de foudre pour un continent: je retournerai en Angleterre, à Paris et à Rome. Je reviendrai. La prochaine fois, j'apporterai des débarbouillettes. À Bruxelles, on m'a regardée comme une débarquée des colonies. Une « bouillette », madame? Qu'est-ce qu'une « bouillette »? Et on m'a refilé un gant de bain. Joues rouges de feu-colère teinté de honte. Pour le prochain voyage en Europe? Quarante-douze débarbouillettes de chez Freiman. Juste à côté du département des p'tites culottes.

J'ai attrapé la piqûre des voyages. Dès mon retour, je disparais. À New York. Pourquoi pas monter mes *Trois petits cochons* sur Broadway! Mon copain a vite compris. Arrivée d'Europe trois jours, je repars. Inévitable rupture. C'est ainsi. Un détour à l'agence. Je planifie déjà un voyage pour l'an prochain.

J'ai changé d'école. Je suis du premier groupe qualifié pour enseigner le français langue seconde. Pour dire comme maman quand elle bûche sur un travail: on va les avoir les Anglais! Je fais donc du FLS à l'intermédiaire le matin et dans une autre école, de la quatrième à la sixième année, l'après-midi. En août, à l'une des écoles, je trouve le directeur bien condescendant. Il me parle comme à une enfant. Enfin, il demande:

– *What grade are you in, dear?*

Ah! Il croit que je suis une nouvelle élève?

– *I'm your new French teacher, sir.*

Blanc comme un drap!

– *How old are you?*

– *I'm twenty years old.*

– *Oh my goodness, they'll eat you alive.*

Il me présente ses excuses et nous rions tous les deux. Non, mes grands élèves ne me dévoreront pas. J'ai plus que trois petits cochons dans mon sac de trucs pédagogiques. Mes contes farfelus peuvent être adaptés et simplifiés. Je ferai la révision de mes textes avant la rentrée.

Mon amie Pierrette déplore le fait que je sois sans copain. Elle m'invite à son cours de *Ballroom dancing*. À mon avis, la danse est pour les couples, mais elle est convaincue que son cours est l'endroit idéal où rencontrer un gentil jeune homme. C'est sans intérêt, mais bon. Pour une copine.

Depuis que j'ai mon permis de conduire, papa me prête la voiture. Je vais chercher Pierrette, qui chante les louanges du *Ballroom*. Elle est une excellente professeure de danse, mais je m'y ennuie. Enfin, un jeune homme m'invite sur la piste. J'hésite à dire non, car Pierrette me surveille. Toute la soirée, j'exécute un cha-cha-cha avec lui. Je jure sur la tête de tous mes trépassés que c'est le garçon le plus laid de la planète !

Dans l'auto, j'avoue à Pierrette que le *Ballroom* n'est pas pour moi. Elle est déçue. Je lui ferais une petite faveur ? Le conseil d'administration du centre culturel où elle offre ses cours reçoit ses membres ce soir. Elle se sent obligée d'aller prendre un café avec eux. Une petite demi-heure. Pas plus.

Des inconnus. Un lait, un sucre, merci. Projets d'hiver, projets d'été. Quelqu'un lance : « Et ton voyage ? » Ah, voilà un mot qui m'intéresse. Une jeune femme ouvre un album photo. Je me penche sur son épaule. Des animaux sauvages, des petits enfants, des femmes en tenues multicolores et bijoux fantaisie, des chefs de tribus en coiffes à plumes, en jupes de paille… Il y a des huttes…

– C'est où ?

– Au Rwanda.

– En Afrique ?

– Oui, c'est ça.

– Que faisais-tu là ?

– J'ai offert mes services aux sœurs de Sainte-Marie. Elles m'ont envoyée au Rwanda.

– Ah bon ?

Encore une histoire de bonnes sœurs. Qui m'empêche de dormir. Qui m'interpelle au milieu d'une leçon de français langue seconde, qui se glisse dans les interstices de mes activités. Photos inoubliables. Et cette jeune femme dont je ne connais même pas le nom.

Pendant des mois, je suis mal dans ma peau. J'ai mal à ma vie. Mon avenir fait du surplace. On dirait que je travaille à contre-feu. Que les braises de mon engouement pé-da-go-gique sont devenues une cheminée réconfortante et rien de plus.

Ça y est. Je n'en peux plus. Je me rends chez les sœurs de Sainte-Marie. Les questions que je me pose y trouveront bien réponse. Est-ce que j'ai la force, le courage, l'aplomb, l'énergie pour aller me fourrer le nez en Afrique ? Mon prochain voyage est réservé, mon travail est assuré, j'ai des élèves adorables, j'écris des contes amusants, *in French*, mais une voix, un subtil et sournois venin empoisonne mon quotidien et démolit mon idéal didactique, petits cochons inclus.

Les samedis, je viens emplir des boîtes de vêtements

et de fournitures scolaires. Avec de jeunes religieuses et mère Saint-Julien, nous préparons l'éducation de petits enfants africains avec d'inépuisables longueurs de ruban gommé. La petite voix-moustique s'est tue. Préparer des boîtes me soulage la conscience.

Le jour fatidique arrive.

– Je crois que vous êtes prête, Mademoiselle.

– Je suis prête ?

– Pour le Congo belge.

– …

Mon père est dans tous ses états. Il râle contre les sœurs. Ma carrière va en souffrir. Et la guerre civile ? Je veux aller me faire égorger, c'est ça ? Je veux patauger dans l'horreur ? Pauvre papa en remet autant que possible pour me convaincre de renoncer à un projet aussi abracadabrant.

– C'est ainsi, papa. C'est ainsi.

Maman est très impressionnée. Ses amis le seront aussi. Sa foi déborde. Elle a engendré une missionnaire. Elle écrase une larme de fierté.

Le processus est en marche. Il y a les documents de voyage et de résidence au Congo à régler. L'ambassade travaille avec empressement pour faciliter le passage. Les touristes sont rares là-bas. Les directeurs et la coordonnatrice des programmes de français sont déçus de me perdre, mais je reviendrai. J'achète et remplis une grosse caisse. Durant un repas en famille, papa rouspète encore alors que le téléphone sonne. C'est mère Saint-Julien.

– C'est urgent. Vous pouvez venir tout de suite ?

Une grande Américaine. Leur maison mère est à Buffalo dans l'État de New York. J'ai les qualifications nécessaires ? Je suis bilingue ? Une manufacture va ouvrir ses portes aux Noirs à Sumter, en Caroline du Sud. Elle a besoin d'une enseignante pour mettre sur pied une classe de maternelle et un jardin d'enfants afin que les familles acceptent les emplois.

– *Kindergarten*? *In the States*?

Elle continue : À Saint-Jude, dans le ghetto, il y a l'église, le presbytère, la maison des sœurs, le pensionnat des filles, l'école primaire et l'école secondaire. Father Randall est en train de construire un appartement avec deux salles de classe.

– *So, what do you think?*

– Euh…

– *How soon can you leave?*

Je regarde mère Saint-Julien. Elle me sourit. Je dis *Belgian Congo.* L'Américaine d'ajouter :

– *Does it matter where you do it, so long as you do it?*

– Euh…

Elle a raison.

Un banal cours de *Ballroom* et voilà ma vie à l'envers. Mes escarbilles de jadis se transforment en flammèches. Je suis une fougue. Mon innocence, un métal liquéfié.

J'ai le destin chauffé à blanc.

E3 – 2

On se débat avec le gouvernement américain de toutes les façons imaginables. Même l'évêque d'Atlanta plaide ma cause. Sans succès. Puisque je ne serai pas salariée, je risque de devenir un fardeau pour l'État. Mais, saint Jude n'est-il pas le patron des causes désespérées ?

Mon père est dans tous ses états. Les vacances sont terminées. L'école vient de rouvrir ses portes et je ne suis pas en salle de classe. J'ai quitté mon travail en juin et me voilà en septembre sans poste, ni chez moi ni aux États-Unis. Mon pauvre papa veut que j'abandonne ce projet ridicule, que je retourne au conseil scolaire demander qu'on me reprenne. Il en veut aux sœurs. Tout allait très bien et elles ont foutu le bazar dans nos affaires ; elles ont tout bousillé. Maman prie pour que les choses s'arrangent. Fais confiance au bon Dieu, son père, dit-elle. Et papa de répondre que ce n'est pas le bon Dieu qui va me payer un salaire en attendant que l'Amérique se décide sur quel pied danser.

Un appel de la Caroline du Sud. Le curé de

Saint-Jude, Father Randall. Il a des amis à Washington. C'est réglé. Il fallait y penser. Il faut tout simplement avoir recours au mensonge.

Le jour du départ, je n'ai qu'un sac à main, une petite valise et ma guitare. Papa a déjà expédié ma grosse caisse par train. Il s'arrache les cheveux, s'imagine déjà qu'il aura à me récupérer en prison quelque part aux U.S.A. « C'est mère Saint-Julien qui va payer la caution ? » C'est sa façon de dire : « Je t'aime, je m'inquiète pour toi. » Maman est en larmes à l'aéroport.

Aux douanes, je précise que je vais rendre visite à des amis en Caroline du Sud. Sans billet de retour, je brode. Je compte revenir en voiture avec un membre de cette famille.

Minuit à Columbia. L'aéroport est petit. Les passagers du vol se sont dispersés. Il ne reste que l'équipe d'entretien et, aux comptoirs, quelques préposés. J'attends Father Randall. Je ne vois personne qui ressemble à un curé. Je suis en pays inconnu, en pleine nuit. Avec en poche quelques dollars américains. Si, dans une heure, je n'ai pas encore vu Father Randall, j'appelle mon père à frais virés.

Là-bas, un homme m'observe. Sa chemise à carreaux est mouchetée de taches de peinture. Son pantalon aussi. Il en a même dans les cheveux. Il a les yeux cernés et le teint gris. Il fume comme on désespère. La petite flamme, vaillante dans mes yeux toute la journée, vacille tout à coup. Sans crier gare, un doute débarque sur mes certitudes. Pourquoi avoir quitté un bon emploi pour me retrouver aux États-Unis sans salaire ? De la folie. Encore chanceuse d'avoir évité le Congo belge. Non mais, à quoi est-ce que j'ai pensé ?

Je me prends pour qui ? J'ai l'air fin en plein minuit fusain avec un voyou qui me zieute. Je veux me faire étrangler ? Je vais l'assommer avec ma guitare ?

Je sursaute. Mon nom retentit dans l'aérogare vide. Je suis priée de me présenter au comptoir d'Eastern Airlines. Il est là, sa cigarette en cendres jusqu'au filtre. Une mèche de cheveux lui tombe dans les yeux. Je m'approche du comptoir. Il me tend la main.

– *Welcome to South Carolina. I'm Father Randall.*

Un autre homme à l'air espagnol s'approche.

– *This is Sergeant Lopez. Nice trip?*

Oui, très agréable. Si j'ai faim ? Oui, un peu. Je suis fatiguée ? J'ai le goût de répondre qu'avec leurs manigances gouvernementales, il y a plusieurs mois que je suis fatiguée.

Lopez prend ma valise, mais je ne lui cède pas ma guitare. Vais-je monter en voiture avec ces deux escogriffes ? Pas question. Debout, sévère, les sourcils froncés, je demande des pièces d'identité.

Ils me trouvent bien comique. Le sergent Lopez affirme qu'il avait raison. Le curé aurait eu avantage à porter sa soutane. Et le voyou de lui répondre qu'un homme en plein chantier de construction n'a pas toujours le temps d'être sur son trente-six et que, de toute façon, c'était fermé chez le nettoyeur à l'heure où il a déposé son pinceau.

Dans le stationnement, c'est du cinéma. Je ne bouge pas. Le prétendu Father ouvre la portière de la voiture et m'indique la banquette arrière. Des enveloppes de tous formats jonchent le siège. Elles sont adressées à la paroisse Saint-Jude de Sumter. Je ne bouge toujours pas. Father Randall sort son permis de conduire. Le sergent Lopez aussi. Moi, dit-il, je suis l'ami de Father Randall. Je suis cubain. Mon épouse s'appelle Suzie et j'ai deux fils. Le curé allume une cigarette. Quoi encore? dit-il. Si je connais sœur Marie-Bruno. Je lui demande de la décrire. Une religieuse africaine venue vous rencontrer au Canada il y a quelques mois. Elle va vous accueillir cette nuit.

Sœur Marie-Bruno? Bon, ça va, je monte en voiture.

La nuit me recouvre de sa fraîche obscurité. Je regrette d'avoir largué mon ange gardien. Avec deux inconnus en pleine nuit de Caroline, il pourrait m'être d'un grand secours. Les hommes discutent. Les deux salles de classe sont terminées? Oui, c'est fait. Et l'appartement? Oui, enfin presque. Et les meubles? Arrivés cet après-midi. Sister Madeleva les a placés. Tout le monde a travaillé tard. Déjà, je leur suis reconnaissante. Je pourrai compter sur eux. Je touche au but. Mon zèle, tantôt chétif, se détend.

Un motel? Deux salles de classe et un appartement. Tout en longueur. La porte de la cuisine donne sur les salles de classe. Coquet. Et tout neuf. Construit pour l'occasion. Je suis l'occasion! Demain, je pourrai explorer le site au complet. On m'offre quelques jours afin d'apprivoiser mon nouveau chez-moi et de préparer la venue des enfants.

À une heure trente du matin, sœur Marie-Bruno m'accueille, ravie de me revoir. Les religieuses de Saint-Jude ont préparé un mot de bienvenue et un goûter. Lopez m'apporte ma valise et ma guitare. L'essentiel est de trouver ma robe de nuit. Ma caisse arrivera la semaine prochaine.

Ma bouchée nocturne avec sœur Marie-Bruno est

des plus agréables. Avec elle, je pourrai parler français. Dans le frigo, il y a du café, du lait et des brioches pour le déjeuner. Je me prépare enfin à ma première nuit américaine. Je savoure un moment de solitude en étudiant mon nouveau chez-moi.

Minuscule appartement. Chambrette loin des horizons connus, de la modernité et du confort, de ses attraits et velours. Ce n'est pas un rideau de fer derrière lequel je pénètre, sur la rue Purdy, mais un rideau de liquide corrosif, un acide enragé. Ce n'est ni mon pays ni ma langue que j'ai quittés, mais la notion de survie escamotée sous les étoffes du bien-être et de l'abondance.

Cette nuit, les bras de Morphée se font rachitiques. Une plainte, teintée de ruine et de souffrance, s'élève dans sa voix.

Avant de dormir, je sors un cahier de ma valise. Un titre malmène la nuit : *The Midnight Man.* Avec des mots, j'entreprends le portrait de Father Randall, voyou devenu prêtre en un tournemain.

Feu, feu, réchauffe-moi. Éloigne ce frisson et ce doute. Fouette mon courage. Excite mon ardeur.

Allume mon crayon.

E3 – 3

Un grand carré. Le motel, l'église, le presbytère, la maison des sœurs, l'école primaire, l'école secondaire et le pensionnat. Comme on me l'a décrit. Un domaine à part. Une enclave.

Aucun autre laïque sur le territoire. On me présente à Stanley, jeune homme dans la trentaine, mon garde du corps attitré. Je n'ai qu'à le lui indiquer si je veux qu'il m'accompagne lors de mes sorties. Ses yeux m'inspirent confiance. Il sourit comme on s'excuse. Il trouve mes longs cheveux surprenants.

La propriété contraste avec les rues avoisinantes, où les cordes à linge font figure d'étendards de pauvreté. Taudis aux murs brinquebalants, aux toits percés, aux portes arrachées et aux chiens galeux. J'ai pris un aller simple pour la pauvreté. Papa serait outré.

Dès les premiers jours, on me salue avec chaleur. Leur anglais mêlé de patois m'échappe parfois, mais j'arrive à les comprendre. Une jeune femme blanche dans un ghetto est chose inusitée et on s'en gratte le coco, mais on fait confiance à Father Randall. Les vieilles dames qui habitent autour se font un plaisir de me rendre visite régulièrement, me saluant de toutes leurs guenilles sales et usées.

Comment une telle pauvreté peut-elle exister dans un si riche pays ? Je comprends maintenant l'activisme social de Martin Luther King. Je suis prête à combattre à ses côtés. Sa passion attise la mienne, éclaire mon chemin. Il est ma nouvelle boussole. Il n'y a pas très longtemps, par ses discours de feu, il m'incitait à le suivre. Je le suivrai.

Father Randall et les religieuses m'ont avisée des dangers du ghetto. On me recommande la prudence. Tant bien que mal, je manœuvre dans les règles.

Les élèves arrivent. Tous mignons. À ma grande surprise, il y a parmi eux un petit garçon blanc. La maman espagnole de Michael tient à ce que son fils fréquente une école catholique. Elle a épousé un militaire américain et son mari est affecté à la Shaw Air Force Base, tout près. La couleur de la peau des élèves importe peu à Consuelo.

Une des petites s'appelle Charlotte Yvonne Saint-Amant. Un nom à faire rêver. Ses cheveux huilés sont nattés. Elle porte de jolies robes. Son papa combat au Viet Nam pour les États-Unis et sa maman habite chez sa mère, Granma Green. J'ai rencontré la famille. Granma Green, vieil épouvantail édenté, couve Charlotte Yvonne, toujours astiquée comme un nouvel écu.

Les élèves, gentils et polis, sont heureux de trouver une variété de jouets tout neufs et d'apprendre quelques chansons. Ils aiment ma guitare. Ils n'arrivent pas à prononcer mon nom, les parents non plus, d'ailleurs, mais je m'en console rapidement. Ils m'appellent tout simplement *Miss*. Mes bouts de chou évaluent la situation.

– *She's White.*

– *No she ain't.*

– *Is so!*

– *She don't have no yellow hair.*

– *She's still White.*

– *Ask her.*

– *Miss?*

– *Yes, sweetie?*

– *Are you White?*

– *No, sweetie, I'm Caucasian.*

– *See, I told you she wasn't no White woman.*

Rassurés, ils sourient et se remettent au jeu.

La routine s'installe. Souvent, j'ai la visite de religieuses enseignantes de passage. Le programme leur plaît. Où ai-je appris ces méthodes d'enseignement au cycle primaire? Pourquoi ceci, et puis cela? Mon travail éveille leur curiosité.

Heureuse dans ma nouvelle situation, je trouve les fins de semaine tout de même longues. Un dimanche, la supérieure me surprend derrière l'école, les yeux mouillés. Elle a raison. J'ai besoin d'amis de mon âge. Elle me présente bientôt à un groupe de jeunes personnes de *Head Start* et de *Teacher Corps*. Leur adhésion à ces organismes est une façon légitime de déjouer la conscription un temps. Ils espèrent que la guerre au Viet Nam sera terminée avant l'échéance de leur contrat. Je les rencontre les fins de semaine et nous cassons la croûte ensemble, filles et garçons. Nous discutons de nos activités dans le ghetto. Je n'aime toujours pas la bière, mais une *Michelob* occasionnelle entre copains, ça se prend bien.

Après plusieurs mois, j'en ai assez de la cour d'école clôturée. J'ai besoin de sortir de l'enceinte de Saint-Jude. N'y a-t-il pas un parc en ville ? De temps à autre, Father Randall me prête sa fourgonnette. Allez ouste ! Tout le monde à bord. À l'arrière de cette voiture bateau, il y a de la place pour toute ma marmaille.

C'est impressionnant, au parc. Il y a des magnolias et de la glycine. Cette floraison blanche et mauve glisse sur mes sens en averse crémeuse. Ravis, mes élèves jouent. Engoncée dans mon rôle d'enseignante, j'oublie parfois la simplicité des balançoires et leur compagnonnage avec le ciel.

– *Excuse me, Ma'am.*

Je suis perdue dans mes pensées.

– *Can you read?*

L'homme toise mes élèves avec mépris. J'ai soudain peur pour eux.

– *Ma'am, do you see that sign?*

Il m'indique la pancarte de taille. Je fais oui de la tête.

– *What does it say?*

J'ai les yeux en arbalètes.

– *It says* Whites Only, *Ma'am.*

Les enfants se sont tus.

– *Now, y'all get out. Fast!*

Je me lève durant la nuit. Un boucan dehors. Father

Randall crie à tue-tête. On accourt avec des seaux d'eau. Une croix est allumée dans la cour de l'école.

Le feu de la croix s'éteindra. Le bois calciné refroidira. Father Randall pardonnera mon audace.

Le sinistre, c'est moi.

E3 – 4

Je m'habitue à ma vie singulière et n'y changerais rien. L'inconnu, le risque. Mes parents appellent souvent. Je veux revenir à la maison ? Non. Je ne manque de rien ? Non. Pas de démêlés avec le KKK ? Mais non, voyons.

Pour ne rien oublier de tout ce qui m'arrive ici, il me faut tenir un journal. J'en aurai besoin le jour où je voudrai raconter mon ghetto. J'y décrirai Granma Green, sa bicoque délabrée, les *collard greens* immangeables qu'elle fait bouillir et qui empestent. L'odeur du pensionnat quand les filles se « défrisent » avec de la graisse. Je raconterai la croix de feu du KKK. La nuit de mon arrivée. Les rides au front de Father Randall.

The Midnight man
His brow of waves and tides
And pious grace…

À la mini télé, cadeau de Father, j'écoute les discours de Martin Luther King. Il me fascine. Orateur hors pair. Ce qui vibre dans sa voix dérange. On l'appelle King. Un Gandhi noir. Même avec un prix Nobel de la paix à son compte, dans le sud des États-Unis, on rejette son appel à l'égalité. Il est mon premier et valeureux héros. J'épouse sa cause et sa peine. Avoir connu son parcours plus tôt, je me serais engagée dans les *Freedom Riders*, j'aurais rejoint ces gens de toutes races, hommes et femmes voyageant en autobus, pratiquant la résistance non violente et refusant d'obéir aux lois ségrégationnistes du sud des États-Unis.

Certaines fins de semaine, je pars avec la supérieure. Nous allons faire du recrutement dans les écoles-couvents et pensionnats. Je donne des « concerts ». Je sers de modèle aux étudiantes, moi, venue d'un autre pays offrir mes services aux défavorisés. Je leur parle de mon cheminement et réponds aux questions qu'elles me posent. Avec ma guitare, je chante mes chansons préférées : du John Denver, du Peter, Paul and Mary. Une véritable Joan Baez. Je termine toujours ces prestations avec la même chanson anti-guerre du Viet Nam : *There was a soldier named Dan.*

Je découvre Charleston avec mes nouveaux copains. Un répit. Maman dirait : « Ça change le mal de place. » Je pense souvent à mes parents. Ils me manquent. Je flâne devant les somptueuses demeures des anciennes plantations de coton où travaillaient les esclaves. Charleston est aussi un port. De l'Histoire, de la culture, du paysage. Je ferme les yeux et j'entends *Old Man River.*

Au cours d'une promenade, je déniche une rue de boutiques de vieux livres. Effluves de moisissure et de fables. J'y passerais la journée, égarée, introuvable. Bouquinistes parisiens, version *deep South.*

Tout à coup... Là-haut... Sur une étagère hors de

ma portée… Souffle coupé. Se rallume la fièvre de mon enfance, je retrouve mon lit de convalescence, *Patrovite*, le coin librairie de Diana. Je respire mal. Ça cogne fort dans ma poitrine. J'indique le livre en question au vieux monsieur derrière la caisse.

– *It's a French book, Ma'am. Are you sure that's what you want?*

Oui, c'est celui-là. L'urgence me dessine des perles sur le front, frêles bijoux mouillés d'émerveillement.

J'ouvre :

Jocelyn
Épisode
Journal trouvé chez un curé de village

Doré sur tranches. Je tourne la page couverture. Sur le frontispice, une ancienne gravure. Odeur du papier, jauni par les mains innombrables d'un siècle révolu.

A. de Lamartine
Jocelyn
ÉPISODE
Paris
L. Hachette & Cie – Furne & Cie – Pagnerre Éditeurs
M DCCC LXII

Lamartine dans ce coin du monde ? Images de galères, de dames venues explorer ce Nouveau Monde que papa savait m'indiquer sur les cartes. Des gants. Des gants de chevreau, une longue robe au corsage ajusté, en pointe à la taille, le col montant et les manches serrées aux épaules bouffantes. Escarpins assortis. Un chapeau à voilette abaissée sur un regard qui me défie par-delà le temps.

Bonheur. Magie.

Poème d'environ cinq cents pages découvert dans une ruelle de Charleston. Il me le faut. Quinze dollars… Une somme impossible. Je cherche mes copains. Leur emprunter de l'argent. Fauchés, tous, comme moi. Première expérience de chagrin devant un objet à abandonner. Papillons mouillés dans mes yeux.

Je reviens à Sumter bredouille. Mon ami Mark me promet toutefois de me ramener la semaine prochaine si j'en trouve le prix. Je ne peux pas demander de l'argent aux sœurs ni à Father Randall. Nous vivons au jour le jour avec très peu. Alors : ou je ne mange pas de la semaine ou j'appelle mon père. Pauvre papa, il est toujours la solution à mes problèmes.

Une semaine plus tard, après quelques privations, je cherche *Jocelyn*. Vendu ? Disparu ? Déplacé ? Volé ? Le commis le trouve.

– *Here it is Ma'am, fallen back there.*

– *Thank you. You have no idea what this means to me.*

– *You can read that?*

– *You betcha!*

Soupir de gratitude.

Tenir, délicatement, un bijou d'une inestimable valeur. Mon *Jocelyn* contre mon cœur. Merveilleuse Charleston.

Au retour, Mark conduit un peu vite. Nous sommes pressés ; il y a rencontre ce soir. Je ne l'ai dit à personne à Saint-Jude, mais j'ai accepté une invitation. Nous allons danser dans une buvette, située dans le ghetto profond. Ni rue ni trottoir ni permis d'alcool. J'ai confiance en Mark. Il ne me mettra pas en danger. Stanley, mon protecteur, acolyte de Father Randall et fils de Granma Green, nous invite, et il nous accompagne. Top secret.

À notre entrée, un silence de Jukebox débranché tombe sur la piste de danse. Stanley nous présente à ses amis. Dans ce taudis recyclé, l'éclairage jette des ombres. Les musiciens et les danseurs immobilisés nous fixent. Stanley nous avoue que nous sommes les premiers Blancs à fréquenter l'établissement.

La musique reprend. Le sax envoûte. Les danseurs nous zieutent. À une table près de l'entrée, nous bavardons, sirotons notre *Michelob* comme des habitués. Si papa me voyait, il tomberait d'une crise d'apoplexie. Maman réciterait un chapelet pour la sauvegarde de la vie de sa fille missionnaire!

Alors que ses copains l'observent, un jeune homme s'approche et me tend la main. Mark me dit de faire à ma guise tout en me signalant qu'il lui faudra un moment pour franchir la piste de danse si j'ai besoin de son secours. J'accepte l'invitation. Stanley recommande au jeune homme d'être impeccable. Or, sa réserve me fait croire qu'il a peur de moi.

Il m'enlace à peine pour danser. Soudain, je sens une pression dans mon dos. Je me retourne. Un homme lève les mains, recule, se fondant en excuses. Il ne me veut aucun mal, sa curiosité a été plus forte que lui. Il n'a jamais touché aux cheveux d'une femme blanche.

– *One more time, please Ma'am?*

Mes cheveux lisses tombent jusqu'à ma taille. Pas une frisette pour sauver ton âme, disait maman.

Baudelaire affleure soudain au creux d'un ghetto américain. Un dandy échevelé se penche sur ma chevelure et j'ai le goût salé de sa poésie dans la bouche, je l'entends dans la passion du sax.

Mark et Stanley se sont levés. Ils croient qu'on m'agresse. Je leur fais signe que tout va bien. Le jeune homme caresse mes cheveux comme on jauge un objet précieux.

Il appelle son ami :

– *Sam, come and touch this lady's hair. It's just incredible.*

Sam est impressionné.

– *Willy, my man, come here.*

Willy dépose son saxophone et tend une main timide. Bientôt, ils sont cinq qui me lissent les cheveux, les hument, les font glisser au creux de leurs paumes afin d'en évaluer la différence, la douceur, la couleur. Je me prête à leur jeu car je ne ressens aucune menace.

Mes compagnons, un peu affolés, me ramènent à la table. La musique s'attendrit comme un amant négligé. Une dernière bière pour terminer la soirée.

Dans mon délire nocturne, Baudelaire, *dans l'azur du ciel immense et rond,* s'enivre de parfums de coco et de musc. À son pupitre, Lamartine retient sa plume au-dessus d'un manuscrit et lève les yeux vers moi. C'est Jocelyn, me dit-il. Venu d'un autre siècle, ici, loin de la langue française. Pour toi.

Sur sa table d'écriture, une tortue dorée ruisselle de beauté édénique.

Dans mon journal, je me confie à ces écrivains tant aimés.

« Chers chevalier et dandy :

« Prêtez-moi votre plume. Prêtez-moi l'encre de

votre savoir. J'ai besoin de dire, de chanter. Je scrute vos vers pour dessiner les sentiers tortueux que je foule, pour leur donner résonance. Je veux écrire mes cheveux frémissant dans des mains dont les ancêtres chantent toujours leur ancien continent. »

Incendiez mes scrupules.

E3 – 5

Lorsqu'il pleut, les élèves ne viennent pas à l'école, mais ce matin, un mignon petit garçon a bravé l'orage. Nous faisons des casse-têtes ensemble, nous jouons dans l'autobus scolaire que j'ai fabriqué d'une boîte à réfrigérateur. Je fais la lecture de plusieurs contes dont quelques-uns des miens. Ses amis ne sont pas là. Il trouve le temps long.

Tout à coup, le soleil nous offre son jaune détrempé. J'ai une idée. Pour agrémenter l'après-midi, nous irons tous deux récupérer le courrier de Father Randall au bureau de poste. Une promenade agréable. Alden n'est jamais allé au bureau de poste. En bonne maîtresse d'école, je lui expliquerai tout ça. Avec un peu de chance, le préposé lui montrera l'acheminement du courrier ou les sacs des facteurs.

Sur la rue Purdy, dans le ghetto, nous saluons les voisins et les connaissances, mais une fois sortis du quartier, je remarque les regards désapprobateurs. On se retourne pour m'observer déambuler dans les rues principales, tenant un enfant de race noire par la main. Devrais-je rebrousser chemin ? Non. Mon tout-petit semble heureux de faire une promenade en ville avec moi. Aller chercher le courrier est une grosse responsabilité et il veut se montrer à la hauteur.

Une dame m'accoste :

– *Slut!*

Je presse le pas en serrant la main du petit Alden. Une mère poule s'ébroue en moi et bat des ailes autour de son poussin. J'ai peur pour mon élève aux yeux rivés sur moi. Mais nous approchons du bureau de poste. Trop tard pour faire demi-tour. J'ai la clé de la case postale dans ma poche. Ce sera vite fait. Et puis, ma crainte s'évanouit. Nous ne sommes plus à l'âge des pierres. La déségrégation fait son chemin partout dans le sud des États-Unis. Je ne fais rien de mal, je n'enfreins aucune loi. J'ai le droit d'être ici, dans cette société démocratique, avec mon élève. Je pose une main affectueuse sur l'épaule de l'enfant pour le rassurer. Je lui fais un grand sourire.

Un homme dans la quarantaine me suit de très près, de trop près. Il m'apostrophe :

– *You like Black men, Ma'am?*

J'avance un peu plus vite.

– *Do you screw them all?*

Il se penche sur Aden.

– *You got you a white mamma, boy?*

Il me regarde comme on crache.

– *We don't like White Trash messing with the niggers 'round here.*

Je bifurque. Au lieu de traverser la rue et d'aller au bureau de poste, j'entre dans la première boutique, la pharmacie. Un téléphone public se trouve dans l'entrée.

– Father, please help.

– What is it?

– I came to town with one of my kids to pick up the mail. I'm being followed and I'm scared.

– You took one of the kids to town?

– Yes, Father. He's the only student who came to school today.

– What on earth were you thinking, girl?

– I'm sorry, Father.

– Didn't you think of the consequences?

– I never thought people could be so rude.

– Well stay put, I'm coming to pick you up. Where are you?

– At the drugstore.

– I'll be right there.

Je raccroche. Une femme arrive dans l'entrée et m'aperçoit, le petit contre moi. Elle me plaque brutalement contre la cabine téléphonique. Elle feint.

– *Oh, sorry, Ma'am.*

Elle regarde mon petit élève avec effronterie. Je le protège de mon bras. À la femme, je lance :

– *Friggin' red-neck!*

Elle me cogne à nouveau. J'ai l'épaule blessée. J'aurai des bleus. Mieux vaut me taire pour ne pas aggraver la situation. Je sors de la pharmacie et me réfugie dans une ruelle tout à côté. Father Randall arrive.

– Promise me you'll never do that again.

– I promise, Father.

Il regarde mon *élève :*

– How are you today, Alden?

– I think I should have stayed home today, Father.

Nous éclatons de rire. Je raconte mon aventure de

cabine téléphonique. Je couvre les oreilles du petit.

– *I called her a friggin' red-neck, Father.*

– *Oh my! You obviously don't fear for your life.*

– *No I don't, Father. I'm burning up with anger.*

– *Just what I need, a girl on fire!*

De retour à ma chambre, je ne peux me retenir de couvrir les pages de mon cahier de ma colère, de mon indignation. Je griffonne :

« Je pourrais enseigner dans une jolie petite école de ma ville, découper des cartons et les colorier pour abriter les personnages de mes contes préférés. La maison du Petit chaperon rouge et celle de sa mère-grand. J'ai une queue de bicyclette pour le méchant loup. Facile. Au lieu, je m'exile et me dépayse. Pourquoi ? Je me suis fait traiter de salope ? Mon orgueil en prend un coup. Va, Mita, tu vaux mieux que ça. Tu veux suivre ton héros ? Eh bien voilà ! Tu viens de faire face à sa lutte quotidienne. Remise ton orgueil, ma fille. Tu participes à quelque chose d'important. »

Nourris tes pages de ce feu.

E3 – 6

Mon sac de voyage est prêt. La plupart des élèves sont partis. Il ne reste que quelques pensionnaires. Avec quatre religieuses, je quitte Sumter demain matin pour des vacances à Washington. Father Randall m'a offert trente-cinq dollars pour le congé de Pâques. C'est la première fois qu'il m'offre de l'argent. Je me sens millionnaire. Les sœurs de Sainte-Marie, version américaine, ont une maison dans un quartier huppé de la capitale. J'y passerai une semaine à visiter le Smithsonian et ses nombreux musées. On me dit que les cerisiers sont en fleur.

La veille de notre départ, une déflagration retentit à Memphis. Son projectile vrille l'air et l'âme d'un peuple. King, atteint, s'effondre sur le balcon de l'hôtel Lorraine. Martin Luther King vient d'être assassiné. Par un Blanc.

Les filles du pensionnat hurlent. La supérieure nous convoque. Elle craint qu'elles ne manifestent leur désarroi de façon désastreuse. Il faut les calmer, les consoler, pour leur sécurité et pour la nôtre.

Nous nous agenouillons dans la cafétéria du pensionnat et récitons le chapelet pour notre disparu.

Si nécessaire, nous le réciterons toute la nuit, jusqu'à l'épuisement. À minuit, nous tombons de fatigue, et les filles se sont calmées.

L'Amérique gronde.

Pendant une pause, dans mon appartement, je regarde les nouvelles. Des émeutes éclatent un peu partout au pays. On pleure, on manifeste, on met le feu, on saccage. On montre des photos de MLK sur le balcon fatidique. J'en ai le cœur brisé. Mon héros et son inégalable quête! Dans mon ghetto oublié, je participe à son idéal. Hier, il a prononcé un discours que nous avons tous écouté: *I've been to the mountaintop.* Dans les dernières phrases, comme s'il l'avait pressentie, il nous annonçait sa mort imminente.

> *...we've got some difficult days ahead. But it really doesn't matter to me now, because I've been to the mountaintop... I would like to live a long life – longevity has its place. But I'm not concerned about that now. I just want to do God's will. And He's allowed me to go up to the mountain. And I've looked over, and I've seen the Promised Land. I may not get there with you. But I want you to know tonight, that we, as a people, will get to the Promised Land... I'm not fearing any man. Mine eyes have seen the glory of the coming of the Lord.*

Maman appelle durant la nuit. Elle craint pour moi. Elle m'apprend que le FBI et la CIA enquêtent déjà. Que plusieurs villes américaines sont à feu et à sang.

– Maman, je pars pour Washington à la première heure demain.

– Je t'en prie, reviens à la maison, loin de cette violence.

– Non, je n'ai pas peur. Je n'abandonnerai pas mon projet.

– Moi j'ai peur, pour toi.

– Je t'appellerai de Washington demain.

Le jour est à peine levé. Nous quittons Sumter le cœur gros. Quelques religieuses sont restées auprès des pensionnaires. Father Randall veillera sur sa paroisse. Dès notre arrivée sur l'autoroute, la supérieure me quête une cigarette. Elle allume la *Tareyton*, qu'elle dissimule chaque fois qu'une voiture s'approche.

– I needed that. Thanks. Do you have more?

– Two packs, Sister.

Une autre religieuse décide d'en profiter. Bientôt, nous naviguons dans un nuage de tabac nerveux.

Dès Richmond, en Virginie, nous apercevons des convois militaires. Des troupes ont été mobilisées. On nous suit, puis on nous dépasse. Le danger porte son uniforme de camouflage. Nous sentons la tension sur la route. La capitale est sur le qui-vive. Il nous faut traverser Washington afin de nous rendre à bon port.

Dans une zone de contrôle, un militaire au casque dur pointe sur nous son arme à feu automatique pendant qu'il vérifie notre voiture.

– Machine gun, keep your hands visible.

– Yes, Sister.

Le couvre-feu vient d'être établi. Défendu de pénétrer dans la ville. Il nous faut attendre jusqu'à six heures demain matin.

La tante de sister Madeleva habite en Virginie, à une heure de Washington. Dans une station-service où il y a une cabine téléphonique, sister Mad appelle sa tante. Nous sommes les bienvenues. Elle préviendra la maison de Washington.

Chez la tante, nous déballons nos robes de nuit. Les voiles et les coiffes sont éparpillés un peu partout. Des matelas d'occasion jonchent le plancher du salon et de la salle à manger. La télé nous offre des images troublantes.

Avant d'aller dormir collées les unes contre les autres, la supérieure m'invite sur le balcon, histoire de fumer une dernière cigarette. Des poches de sa robe, elle extirpe deux bières. J'allume les *Tareyton.* Assises dans l'escalier, nous sirotons nos *Budweiser.* Elle s'inquiète pour moi. En raison de la situation tendue à Washington, elle m'enjoint de ne pas quitter la maison de la semaine. Pour leur part, les religieuses s'envolent demain pour Buffalo. Remis à plus tard les dédales du Smithsonian.

Je ne dors pas. J'entends bouger, soupirer, ronfler. Je suis assaillie d'images angoissantes. Éconduite par un homme à mitraillette, je suis étendue sur le plancher de la maison d'une famille inconnue. Le pays crie au meurtre.

J'éprouve un malaise nouveau. Une forge d'orfèvre s'allume en moi. Je me sens métal précieux, alliage inusité se transformant comme par alchimie en une substance que je ne sais pas encore nommer. Un désordre d'images bouscule mon sommeil et se cherche des phrases. Un fracas de bout de mitraillette se cherche un nom, des mots.

À la première heure, nous entrons à Washington sous la vigilance des porteurs de pistolets-mitrailleurs.

J'ai hâte d'arriver. La maison des sœurs est accueillante, les jardins opulents. La voiture sera disponible si j'en ai besoin, mais aucune balade en ville ne m'est permise.

Je suis réveillée tôt. Washington explose de partout. Je pars aussitôt pour Buffalo. Le trajet de la maison à l'aéroport est difficile, véritable champ de bataille. Il y a des contrôles partout. L'aéroport est surveillé de près.

À Buffalo, on m'invite à passer les vacances chez Ruth, la sœur de sister Madeleva. Maman est soulagée de me savoir en sécurité, hors de la capitale américaine. À la télévision, elle a vu le chaos qui y règne.

À midi, j'ai bien réfléchi. Je téléphone à la maison mère. J'ai mon trente-cinq dollars. Un autobus *Greyhound* part ce soir.

– *I'll be back next week, Sister.*

Je dors d'un œil lorsque le préposé aux douanes monte à bord. Comme à mon entrée aux États-Unis, je mens pour en sortir. Je suis d'une désinvolture tout à fait convaincante.

Toute la nuit, dans l'autobus, j'entends la nouvelle forge ronronner au creux de mon désarroi. Je suis un métal fondant. Une voix cogne à la porte de mon imaginaire. J'arrive dans ma ville natale. Pour me rendre à la maison, je refais le trajet de mon adolescence en autobus. Ce sera une surprise; mes parents n'ont pas été prévenus. À l'arrêt, la porte de l'autobus s'ouvre sur papa qui s'en va travailler. Il me regarde, surpris. Il n'est que six heures du matin. Il me prend la main. «Allons réveiller maman», dit-il.

Je m'assieds au bord du lit. Je passe et repasse la main sur le bras de ma mère. Elle ouvre enfin les yeux et me saute au cou. Elle pleure à chaudes larmes.

– Ils ont tué mon héros, maman.

Toute la semaine, papa tente de me convaincre d'abandonner cette aventure d'hurluberlu. « Bien beau, tout ça, Mita, mais de là à mettre ta vie en danger… » Les plaidoyers abondent. Maman comprend. Ne dit rien. Non, je ne changerai pas d'idée. Ne crains pas, papa. Je ne compte pas passer ma vie dans un ghetto américain, mais pour le moment, j'y trouve ma place.

La violence se déchaîne aux États-Unis, mais j'y retourne. L'inquiétude familiale se glisse dans une pochette de ma valise. Je la traînerai dorénavant avec moi.

Même baratin aux douanes. Je vais visiter des amis à Buffalo. Je reviendrai en voiture avec eux. Dans deux semaines environ.

Le retour à Sumter est lourd de silence. Tout a changé, le paysage est en deuil. La traversée de la ligne imaginaire qui sépare le Nord et le Sud, *The Mason-Dixon Line*, parsemée de panneaux du KKK, est redoutable. Je fume comme une cheminée.

Les arbres, garnis de mousse espagnole que j'affectionne tant, me semblent plus lourds. Là où ils ajoutaient, en filigrane, une dentelle d'argent au décor, ils ploient maintenant sous le poids de la honte.

Les taudis me semblent encore plus tristes. L'entrée entre l'église et le presbytère est poussiéreuse et accablée. La rue Purdy est tout droit sortie d'une légende de loup-garou, alors que la rue Oakland est plus étroite qu'elle ne le paraissait la semaine dernière.

Je ressens l'urgence du travail et le danger qui menace. Nous avons soif. De justice, d'équité, de droiture.

Dans mon logis, je retrouve un calme guérisseur. Et, brusquement, le feu qui guette toujours éclate en buisson ardent. Tous les embrasements se confondent en une même origine, un seul objectif: vivre sans en demander la permission à quiconque, goûter à l'extase comme à la misère; inventer un monde où l'impossible se dévoile comme sur la rivière aux cerises.

Ce soir, je commence la lecture de *Jocelyn.* C'est ici, en Caroline du Sud, que je l'ai trouvé. Ici, il me sauvera de la folie de ceux qui tuent les King de l'Histoire.

Je retrouve ma place et ma quête.

La forge se tait soudain.
Une chrysalide vibre et se rompt.
J'entends le chant de sa déchirure.
Je ne suis plus l'enfant-feu.

Je suis la femme-flamme.

E3 – 7

C'est le moment redouté.

– *Well, Father… I've come to say goodbye. What a year I've had.*

– *Goodbye, my dear girl. I thought Kindergarten was just play, but you have proved me wrong.*

– *Just play? It was work. Lots of work.*

– *Did the Sisters like your programme?*

– *They were delighted.*

– *Great!*

– *So what's the plan, Father?*

– *I have no choice; I have to shut it down. No volunteers in our American schools. I'm so sorry.*

Pour une surprise, c'en est toute une! Je viens lui dire « Au revoir, merci, quelle expérience », car je pars demain, et il choisit ce moment, la dernière minute, pour m'annoncer cette nouvelle? Je suis sidérée.

Non, il n'en est pas question. C'est inacceptable. J'ai trop travaillé pour que Father Randall ferme *ma* boutique, mais impossible de trouver une relève.

– *You're the only person we found to do this. A crazy French Canadian.*

Beau compliment, merci beaucoup. Ce programme n'existe pas dans le système scolaire de la Caroline du Sud. Je le leur ai monté de fond en comble. Non, il ne peut pas fermer la porte au nez des élèves. Que faire ?

– *Give me a smoke, Father.*

– *So sorry, my dear girl.*

– *Father...*

– *What?*

– *I...*

– *What?*

– *Okay, listen...*

Dans quelle galère est-ce que je m'embarque encore ? Il faut tout de même que je gagne ma vie. Le conseil scolaire accepte de me redonner mon poste d'enseignante. Je ne peux pas...

– *I'll go home for the summer, take Primary Methods Part 2 and come back and give you another year.*

Il bredouille une prière incompréhensible et me saute au cou.

– *See you at the end of the summer, Father.*

– *God bless you, my girl. God bless you.*

Il faut encore mentir aux douanes. Un simple réflexe !

⁘

L'accueil au cours de Méthodes primaires est chaleureux. Quelques-uns de mes anciens enseignants de l'école normale y sont. Mr. Jackson prononce le discours de bienvenue. Il replie ses pages, dépose ses lunettes et balaye la salle du regard.

– *Miss South Carolina, are you there?*

Cher Mr. Jackson. Mis au courant de ma démarche l'an dernier, il a sollicité chacune des maisons d'édition du secteur de l'éducation présentes au cours et, grâce à lui, je suis partie avec une caisse de livres, de cahiers d'exercices, d'affiches et de jeux éducatifs. À tous les représentants, il disait: «*And she is doing this "sanzzz pay", you know!*»

Je lève la main.

– *Did you do this?*

– *What, Mr. Jackson?*

– *Did you bring all these American nuns up here?*

Je me retourne. Quelle surprise. Une bonne dizaine de religieuses m'envoient la main en souriant. Je hausse les épaules. Tout le monde applaudit. Je viens de me parer d'un peu de rose aux joues.

Maman comprend que la caisse n'est pas en route. Papa est déçu.

– C'est bien beau la charité, ma fille, mais il va falloir que tu gagnes ta vie un jour.

– Je sais, papa, je sais. Je ne ferai pas ça toute ma vie.

Maman renchérit.

– Ta fille est missionnaire, son père, laisse-la tranquille.

Je pouffe de rire.

– Ben voyons don', maman, un ghetto du sud des États-Unis, c'est pas tout à fait une mission!

– Moi, je le crois. Je dis à toutes mes amies que ma fille est missionnaire.

Papa lève les bras.

– Pour l'amour du saint ciel, sa mère!

Un été d'études, de repos aussi. Quelques rencontres avec les amies. Monique va se marier. Elle viendra en

Caroline avec son mari. Mille recommandations de la part de mes parents.

✣

Sur la rue Oakland, la voiture des sœurs ralentit et s'engage dans l'entrée entre l'église et le presbytère. Je suis heureuse d'être de retour. Un bel homme aux cheveux grisonnants, habillé d'un col roulé et d'un jean nous accueille avec le sourire. Je le sais, je le sais. Mon intuition me le signale. Danger. Danger.

– *Who is this, Sister?*

– *That's Father Spencer.*

– *Where's Father Randall?*

– *He's been transferred to a parish up north.*

Je suis surprise et bouleversée. Dans mon appartement, je pleure. Mon curé voyou ridé, celui qui a construit mon «motel» de ses propres mains, va me manquer. Ses paroissiens doivent avoir regretté son départ.

En soirée, Father Spencer me présente une jeune femme venue d'Angleterre. Elle s'occupera des enfants en garderie. On a enfin trouvé quelqu'un pour nous venir en aide, mais pas aux États-Unis. Rowena a dix-huit ans, elle est grande, mince, blonde et belle à ravir. Son accent est charmant. Je m'en ferai une amie, bien sûr.

Je reprends mes cours. J'invente cinquante mille jeux et activités pour que mes élèves soient heureux. Les fins de semaine, je pars avec la supérieure visiter d'autres pensionnats de cette communauté religieuse. J'y parle de mon besoin de quitter mon ancienne vie afin de participer au mouvement des *Civil Rights*. Je parle de Martin Luther King, qui m'intriguait déjà au début de mes années d'enseignement. Mais aucune bénévole ne s'avance. À Saint-Jude's School, nous sommes deux. Une Canadienne française et une Britannique. Intéressant!

J'ai rencontré d'autres personnes de mon âge. Les jeunes hommes sont engagés dans des programmes d'enseignement et de travail communautaire. Les filles travaillent dans toutes sortes d'organismes de bienfaisance. Je retrouve Mark, mon bon copain de l'Illinois. Il est objecteur de conscience.

Je suis dans la cour de l'école. Les bambins s'amusent sur les balançoires et dans le carré de sable. Un taxi s'arrête près de la clôture. Un taxi, ici, c'est tout à fait insolite! Encore une surprise!

Mes parents débarquent en Caroline.

– Maman, papa!

Je me précipite sur eux, étonnée de les voir dans ce décor. Maman regarde mes élèves qui se sont agglutinés autour de moi. Papa examine les taudis de la rue Purdy. Il n'en croit pas ses yeux.

Je leur présente mes élèves puis je les invite dans mon appartement. Rowena s'occupe des petits pendant que je fais le tour de Saint-Jude avec mon père et ma mère. Je leur présente Father Spencer et les religieuses. Nous visitons les écoles et le pensionnat. En soirée, nous allons manger dans un restaurant de la ville. Avec la voiture, je les ramène à leur hôtel.

Le jour, maman m'accompagne dans ma classe. Elle lit avec les élèves. Mes petits trouvent son accent bien comique. Avec Stanley, papa fait le tour de la paroisse, c'est-à-dire du ghetto. Il en revient outré. Pendant une bonne heure, il fait les cent pas dans une des salles de classe. Mon appartement, trop petit, ne lui permet pas d'en faire plus de vingt-cinq. Il fulmine, il tempête, il explose de colère. Comment un pays si riche peut-il tolérer pareille déchéance, une pauvreté si honteuse ? Il a horreur de me voir dans cette situation. Avant d'en arriver à me supplier de revenir à la maison, il s'arrête. Il sait que je ne rentrerai pas.

Ils repartent le cœur en berne de me savoir parmi ces taudis. Je reviendrai à la maison en juin. Pour de bon. Promis.

⁘

Mark et moi allons porter des vêtements et des provisions à plusieurs familles en détresse. Elles habitent dans une partie du ghetto où je ne suis jamais allée. Trop profond. Dangereux. Personne ici dans ce qui tient lieu de rues. La laideur et la tristesse, complices acharnées. Par quelques portes entrebâillées, on nous observe avec méfiance. Nous livrons nos paquets. Nous tendons la main, mais tous refusent le geste. L'absence de toute vie, de tout mouvement, nous agace.

Un homme s'approche de nous.

– *Y'all get out of here.*

Mark s'empresse d'expliquer notre présence en ces lieux. Nous n'avons pas terminé les livraisons.

– *There's a gun pointed at your car. They won't shoot you, boy; they'll shoot your woman.*

Au volant, Mark me somme de laisser tomber mes cigarettes sur le plancher de la voiture et de rester penchée comme si je les ramassais. J'obéis et la décharge retentit. La balle passe au-dessus de la voiture. Mes tempes cognent à m'ouvrir la tête. Mon cœur ne sait plus où se cacher. Les pneus crissent dans la roche et le sable. La poussière comme voile bienvenu.

Bière et cigarettes chez Mark. Nous ne raconterons cet incident à personne. Je ne le raconterai jamais à mes parents.

Maman téléphone.

– Tout va bien ?

J'entends l'inquiétude dans sa voix.

– Bien sûr, pourquoi ?

– J'ai fait un cauchemar.

– Un cauchemar ?

– J'ai rêvé que quelqu'un pointait une arme à feu sur toi.

– …

Comment fait-elle pour toujours tout savoir ?

⁂

Rowena et moi lisons souvent de la poésie. Nous en avons écrit ensemble. Son accent prête un certain charme aux textes que nous avons enregistrés sur bobines pour nous souvenir l'une de l'autre. J'ai appris par cœur *Porphyria's Lover* de Robert Browning, que je tentais de lire dans le lit-maladie de mon enfance. J'ai aussi découvert un célèbre poète américain au nom écrit tout en minuscules : e. e. cummings. Il fait renaître la poésie. La bascule cul par-dessus tête. Je copie des bouts de poèmes dans mon journal pour tenter de jouer avec la langue en français.

anyone lived in a pretty how town
(with up so floating many bells down)
spring summer autumn winter
He sang his didn't he danced his did.

Women and men (both little and small)
cared for anyone not at all
they sowed their isn't they reaped their same
sun moon stars rain

Mon amie britannique a trouvé du travail. En juin, elle ne rentrera pas en Angleterre, elle part pour l'état de New York. Father Spencer lui a trouvé un poste de gouvernante dans une famille qu'il connaît bien. Lui aussi partira. On l'a muté dans une paroisse tout près de ses amis.

Avant de quitter la Caroline du Sud, je suis invitée par les religieuses à un dernier séjour à la maison de Washington. Pas pour m'y prélasser dans les jardins, cependant. Il y aura une manifestation contre la guerre du Viet Nam. On attend une foule monstre de tous les coins du pays. Les religieuses veulent participer. Je les accompagne.

Là, devant le *Reflecting Pool*, Martin Luther King a prononcé son célèbre discours. Quel destin a ainsi mené mes pas jusqu'à lui ? Jusqu'ici ?

Le *Lincoln Memorial* est imposant. Nous sommes des centaines de milliers de manifestants. Ici, j'écris avec eux un chapitre de l'Histoire américaine. Je brûle de fraternité et de ferveur. Il est en notre pouvoir de changer le monde.

✣

Dernier départ. Les religieuses vont me manquer. Depuis deux ans, je côtoie ces jeunes femmes dévouées. Je leur fais mes adieux. Je me rends à Buffalo, chez Ruth, d'où je prendrai le *Greyhound* pour retourner chez moi.

Au petit matin, à potron-minet, la fille de Ruth vient me secouer dans mon lit.

– *Wake up, wake up.*

– *What? What is it?*

– *Kennedy has been shot.*

– *Kennedy? That was long ago.*

– *Robert Kennedy.*

En robe de nuit, je me précipite devant la télé. Je ne peux pas quitter Buffalo tout de suite. Il me faut suivre les événements. Je partirai ce soir ou demain. Soudain…

« *Ladies and Gentlemen, Robert Kennedy has died.* »

L'Amérique est de nouveau en deuil.

Kennedy, King, et Kennedy.

K, K, et K.

✣

Ma caisse arrive de la Caroline du Sud. Je vais la chercher avec mon père. Le coin gauche extérieur est calciné.

Larmes échaudure.

Épisode 4

Et puis n'est-ce pas, la vie passe, à peine le temps d'appuyer
son visage contre la vitre en feu.
Christian Bobin, *La grande vie*

E4 – 1

Selon Thomas Wolfe, « *You Can't Go Home Again* ».

Revenir, petit frère de capituler, de rentrer dans le rang. Retrouver l'ordinaire, traînant une expérience différée par le souvenir, colorée rouge par la balle au cœur d'une légende.

Derrière moi, des enfants dont les papas se font exploser au Viet Nam, des mamans qui rôdent, le soir, dans les bars, ces chemins de la peur et de la solitude. J'ai quitté mes orphelins de l'Histoire américaine pour revenir chez moi « gagner » ma vie.

Jour après jour, colmater les interstices de la nostalgie. En classe, de nouveaux élèves, une façon de faire à suivre. Rigueur étouffante. *Tête, épaules, genoux, orteils…* pour ces enfants aux papas bureau et mamans bénévolat. Sourires sucre d'orge, un peu désabusés. Toute la famille rentrera ce soir. Pas de sang. De grenade ni de napalm.

Sous ma peau, une porte, entrouverte jadis, s'est refermée, effacée. Abracadabra. N'est plus là. Ne reviendra pas. C'est la faute de la sagesse. La maturité l'a volée, subtilisée, kidnappée.

Oublié un temps là-bas, le froid d'ici mord. Paralysie dans la cour de l'école. Les émanations des tuyaux d'échappement des autobus scolaires empoisonnent poumons et horizon. Celle qui portait les cheveux longs ? Des robes mini ou maxi ? Des bas en résille ? Qui désobéissait aux injonctions *Whites Only* ? Pffft ! Plus là. Rentrée. Folies passées. Avatars de ghetto révolus. Ma peau retournée fume dans le blanc de l'hiver. King me manque.

Je survis, j'enseigne. Le boulot assure le quotidien, l'épicerie, l'essence. Le futur m'est impénétrable. Un mur. Femme-poussière. Cœur-lambeau. Fleur séchée entre les pages d'un livre de littérature jeunesse.

Rien n'y paraît. Sourire accroché, parole doucereuse. Avoir su que la vie d'adulte serait d'un tel ennui, j'aurais refusé de grandir. Je serais demeurée l'enfant au cœur tatoué d'une tortue. J'aurais dix ans. Ou vingt. Depuis le retour, j'écris l'opuscule du rien. Le bouquin du néant. L'encyclopédie de l'inutile.

J'ai cherché mon album *Patrovite*. Je ne l'ai pas trouvé. Ma clochette de porcelaine non plus. Sans doute égarés dans les déménagements. Il faudrait ressusciter ma tortue, dépoussiérer mon *ti-toiseau*. Faire tinter la clochette des anges. Souffler sur mes cendres. Rallumer ce qui s'éteint. Sinon, je ne survivrai pas.

Un conseiller pédagogique vient dans ma classe. Gentil monsieur. Il a aperçu ma guitare. Les élèves ont chanté pour lui. Je l'ai invité à revenir. Bientôt, les élèves donneront un petit concert en français pour l'école. J'aurai préparé un goûter canadien-français.

Petit à petit, je reprends ma place. Me remets à l'œuvre, les visages de la nostalgie se voilent. Dans mes souvenirs : il était une fois. Le printemps déballe ses bourgeons, ses verts troublants. J'ai moins froid. J'invente des jeux que j'utiliserai l'an prochain. Mon enthousiasme pédagogique revient.

La fin de l'année scolaire approche. Le directeur m'invite à son bureau. Le conseiller pédagogique y est. Il me parle d'un projet du conseil scolaire. J'aimerais faire partie d'une équipe spéciale ? Partir en tournée ? Avec ma guitare. Pour promouvoir le français. Les détails viendront.

Le directeur écoute alors qu'on explique le projet. Au départ du conseiller, le directeur me retient.

– *I would never stand in the way of your career, but French has never worked at my school until you came along. I would hate to lose you.*

Ça fait chaud au cœur.

Un risque ? Encore une fois ? Pour vivre autre chose, mettre une autre couleur dans mes hivers ?

Une lanterne d'ancienne diligence, sa lumière affaiblie par un trop long trajet, frissonne à nouveau. Sa flamme vacille, incertaine, mais vivante. Elle jette de chétives ombres sur une porte à déverrouiller.

Et si je reprenais le journal rangé depuis mon retour ?

Bouée de sauvetage dans cette mer cendre ? Une aventure à raconter ? Celle d'une enfant malade ? Des ailes de dentelle et des rivières de sang et de cerises. L'histoire du motel de la Purdy y est déjà. Non. Pas ça.

Plutôt du jamais vu, jamais entendu, du surprenant.

Avec l'aide d'un chevalier et d'un dandy, dessiner un délire de feu sur une page blanche.

Sans la carboniser.

E4 – 2

Mon moine veut bien danser et l'arbre est toujours dans ses feuilles sur les cordes de ma guitare.

Le conseil scolaire a créé une immersion ambulante. Un autobus scolaire peinturluré fait le tour des écoles et offre à chacune sa journée de français. Il est mauve, rose, jaune, vert et bleu. Les élèves chantent et dansent. Bonne vieille guitare, va ! Tu me sers bien.

Dans un bureau, nous écrivons des saynètes, préparons des animations, fabriquons des décors et des costumes sur une vieille *Singer* oubliée dans une armoire d'économie domestique. Lorsque tout est prêt, nous montons la cargaison à bord et partons. Pour les petits anglophones mordus de la langue seconde, il n'y a pas de cours aujourd'hui puisque le Franco-Bus est arrivé.

Nous sommes huit animateurs. L'avant-midi, tout se passe en salle de classe. Jeux, activités variées et bonne chanson. Avec les élèves, nous préparons un spectacle, que nous livrons l'après-midi dans le gymnase. À la grande nervosité des enseignants, certains groupes présentent, en français, des numéros bien rodés et bien articulés.

On monte, on démonte, on remonte les décors. On déballe, on remballe tout le bataclan. À la fin de chaque journée, les élèves nous envoient la main, nous lancent des *Vive le français* et des *Come back soon* pendant que l'autobus bariolé s'éloigne, tous feux clignotants.

Des spectacles variés, appropriés pour chacun des trois niveaux des écoles du conseil scolaire.

Des outils, des pinceaux, du gros fil, des textes à pondre et à apprendre, des communiqués à envoyer et des horaires à préparer.

Atelier bruyant, parfois tapageur, chaotique. Le plaisir et la création dans tout ce saint-frusquin. Tiens ! Où sont mes cahiers de Beaux Mots ?

Un matin, un petit garçon m'interpelle dans le couloir. Il a l'air triste.

– Madame, mon frère n'est pas là *today*. Il aime le Franco-Bus et il pleure à la maison.

– Est-ce que ton frère est malade ?

– Oui, ce matin, il a… il a… il a lancé en haut.

– Il a lancé en haut ?

– Oui, il a lancé en haut.

Traduction littérale : *He threw up* !

La tortue et le ti-toiseau du passé se sont métamorphosés en caricatures multicolores sur les parois d'un vieil autobus scolaire. Ils ont pris l'accent de petits francophiles qui s'épanouissent dans un bain linguistique. J'écris des scénarios en respectant le niveau de langue des élèves. Nouvelles versions des contes d'autrefois. Mes collègues trouvent que j'écris d'excellents textes. Ils me trouvent une *vocation*! Comme ils sont comiques. Ça me motive à écrire pour les enfants. Littérature jeunesse? Pourquoi pas?

Feu de camp et guimauves rôties.

Réconfort sucré collant.

J'en ai le cœur tout gommé.

E4 – 3

Il est ainsi le plaisir. Il débarque chez vous en redingote et souliers vernis, vous laisse son bristol et repart au galop tout aussitôt. Déjà terminées les années Franco-Bus. Retour en classe anticipé.

Lorsqu'il m'arrive de penser à l'oiselet de ma cinquième année, aux mots trésors de mon cahier bleu racorni et de mes *Hilroy*, aux saynètes pour les enfants, le goût de dire revient me chatouiller le bout des doigts. Enfant, je ne craignais rien. Adulte, je me trouve ridicule. La timidité s'est immiscée dans ma détermination.

Tous les matins, pourtant, livres et cahiers en main, je quitte la maison tôt et me réfugie dans un resto près de l'école. Je copie des citations. Je garde une banque de vocabulaire comme je le faisais adolescente. Certains auteurs me coupent le souffle. J'apprends, je me prépare, je me cultive comme on fertilise un jardin afin qu'il produise des corolles, des couleurs, des parfums.

Écrirai-je un jour au féminin dans ma langue dans

mon pays ? Aussi bien dire la vérité. J'ai la trouille. Je ne connais rien du métier ni du milieu. Bon, oui, je joue à l'écrivaillon. Je fais semblant, pour me disculper de cette promesse que je m'étais faite, enfant. Mais, sait-on jamais ?

À l'heure convenue, je plie bagage et réintègre ma réalité de cloches et de pupitres. J'évite de me fixer des objectifs qui me semblent hors d'atteinte. Dans ce café, le quotidien se pare des costumes des saisons. Baume matinal. Rêve lénifiant.

Trêve de folie d'écriture. Moucheron bourdonnant repoussé du revers de la main. Conscience tourmentée relégué aux oubliettes.

Le malin plaisir et son bristol ? Revenus. Par le théâtre. Je m'improvise en personnages qui m'apprennent les joies et les chagrins de la condition féminine. Je mémorise des textes, je répète des mises en place, je force l'articulation comme l'a enseignée mademoiselle Castonguay au couvent. J'apprends le métier.

Pour *Les belles-sœurs*, avant les répétitions, le metteur en scène exige qu'on chante le *Tantum Ergo*, où, selon lui, se cache le cœur de la culture francophone. Afin de créer un peu d'ambiance dans le réduit qui nous sert de théâtre, les comédiennes éduquées dans des couvents entonnent le premier couplet. Ce vieux cantique ajoute au feu décuplé par le théâtre.

Tantum ergo Sacramentum
Veneremur cernui :
Et antiquum documentum
Novo cedat ritui :

Praestet fides supplementum
Sensuum defectui.

Ça me rappelle ma première communion. Pour ne pas oublier le texte, je le copie dans mon cahier du matin.

Pour mettre un peu de piquant dans notre jeu, nous irons au centre communautaire jouer au bingo. En costumes de scène et en personnages. Nous protestons. Rien à faire. Le metteur en scène l'exige. « Moé, c'est ben simple, j'adore le bingo. » Nous attendons toutes le B14. Durant la partie, Rose Ouimet se lève pour aller aux toilettes. La comédienne improvise. Germaine Lauzon la suit. Rose accuse soudain Germaine.

– Tu triches au bingo, ma maudite folle.

– Ben voyons don', j'ferais jamais ça.

– Pis tes maudits timbres, où c'est qu't'es as volés ?

– Ah ben ça, j'le prends pas ! T'es jalouse, c'est ça, han ?

La bagarre éclate dans les toilettes du centre communautaire. À grands coups de sacs à main, non, de sacoches, elles se traitent de tous les noms. Les coiffures sont malmenées. Une dame entre.

– C'est l'bordel icitte. Voulez-vous que j'appelle la police ?

Avant de nous retrouver en taule, nous cessons l'improvisation et présentons nos excuses.

À la porte d'entrée, le metteur en scène rit aux éclats. Il nous fait signe de venir le rejoindre.

– Belle job, les filles, ben belle job. C'est beau, Germaine. On prend une bière ?

J'enlève les bas de nylon roulés sur mes chevilles

avant d'aller prendre une bière. Je n'y vais pas en Germaine.

Le théâtre pour combler la crevasse que la perspective de l'écriture creuse. Jouer, oublier. Improviser pour nourrir mon travail du matin ? Ou simplement faire le tour du pot ?

Feu de forêt. Flammes de troncs d'arbres.

Brûlis métamorphosé en pages.

De tant et tant de livres.

E4 – 4

Grand-mère Anna passe le soir de sa noce seule. Son nouvel époux la quitte tôt en soirée pour aller jouer aux cartes avec ses copains. Durant la nuit, elle échange un cœur tendresse pour un caillou. Au cours des ans, elle a douze enfants, trois fois des jumeaux. Plusieurs meurent jeunes.

Son mari, barbier de son métier, ne coupe les cheveux que lorsque le cœur lui en dit. S'il juge que les cheveux de ses clients ne sont pas suffisamment longs, il leur conseille de revenir plus tard. À vingt-cinq cents de la coupe, il arrive mal à nourrir et à loger sa famille. Trop de travail ménager, trop d'enfants et trop peu de soutien font d'Anna une mégère. Il lui faudrait une meilleure vie.

Ils quittent le village pour s'établir en ville.

La vie y est un peu mieux. Le barbier trouve de nouveaux clients, Anna se fait couturière. Elle manie les tissus et les fourrures avec expertise. Grand-père arrive à acheter une vieille maison près de la rivière. Ses enfants grandissent. Bientôt, il n'en reste que quatre.

Ma mère épouse mon père quatre semaines avant le départ du soldat outre-mer. Outre-mer, BM. Papa verse donc une mensualité à son épouse et non pas à sa mère. Dès lors, une autre guerre est déclarée. Contre maman. Pendant l'absence de son mari, ma mère habite chez la sienne.

Maman fait une parenthèse dans l'histoire de mes grands-mères. Encore une fois, elle raconte son histoire d'amour préférée : *Je t'ai donné mon cœur* et la Scala Santa, le Saint-Escalier à Sainte-Anne-de-Beaupré.

– Tu te souviens du disque que ton père a rapporté après la guerre ?

– Oui, oui, maman, je m'en souviens très bien.

À son retour au pays, mes parents déménagent dans la maison de mon enfance près de la rivière, celle des cerises, celle de l'enfer. Avant de mourir, grand-père Léopold arrache une promesse à son fils. Il lui octroie la maison, à une condition. Mon père accepte d'héberger sa mère sa vie durant contre un pignon au bord de la rivière.

– Tu te souviens des funérailles de ton oncle ?

– Maman, j'adorais Mononklabbé, tu le sais bien.

– Ton père a beaucoup pleuré.

– C'est la première fois que je l'ai vu pleurer, maman.

– Il a eu beaucoup de peine. Au-dessus du cercueil de l'abbé, elle a prononcé une phrase qui a déchiré ton père. Elle a embrassé la dépouille du prêtre en murmurant qu'il était le seul enfant qu'elle avait aimé.

– Devant papa, ses autres enfants ?

– Eh oui.

Chagrin. Pour mon père, la chapelière et le photographe.

Vénérance adore son époux. Il est beau garçon, bon travailleur et habile avec les chevaux. Ils préparent l'arrivée de leur premier enfant avec un bonheur tout chrétien. Un soir, affolés par la tempête, ses chevaux refusent de lui obéir. En tentant de les calmer, il glisse sous leurs sabots. Vénérance est veuve à vingt et un ans. L'enfant tant convoité va sitôt rejoindre son père.

La coutume voyant d'un mauvais œil une jeune veuve vivant seule, un des frères de Vénérance la prend chez lui. Trouvant lourd le fardeau d'une autre personne à nourrir, ses frères se consultent et lui présentent un monsieur. Bientôt, à leur soulagement, Vénérance est remariée. Elle a deux filles. Son mari est souvent absent. Il monte en forêt l'automne bûcher du bois et y reste jusqu'au retour des beaux jours. Un printemps, il ne revient pas. Des proches finissent par avouer à Vénérance que son mari s'est enfui avec une autre femme. Pour éviter la honte et le déshonneur, Vénérance s'absente quelques jours, raconte au retour qu'elle est allée aux funérailles de son époux, inhumé au-loin, dans sa famille. Pour elle, il est mort. Ses filles gardent le silence. À seize ans, la plus vieille entre au couvent. Vénérance et sa plus jeune réfléchissent à leur avenir.

Elles quittent le village pour s'établir en ville.

Toutes deux travaillent au presbytère de la paroisse. Vénérance fait la cuisine et prépare de somptueux repas pour le curé et pour monseigneur, qui reçoivent souvent des dignitaires. Ma mère ne voit pas souvent sa sœur, qui se plaît dans sa vocation. Pour améliorer ses conditions de vie, maman suit des cours du soir.

– Je ne voulais pas passer ma vie dans la cuvette du curé !

– Et ton père, maman ?

– Afin de nous demander pardon, mon père voulait nous voir, ses filles adultes, alors qu'il était mourant.

– Mon grand-père était vivant et tu ne me l'as jamais dit ?

Maman baisse la tête et esquive une réponse.

– Tu l'as vu ?

– Ma sœur lui a pardonné son abandon. Moi, j'ai refusé de le voir. Le même jour, j'ai eu cette blessure à la jambe. Tu t'en souviens ? Une vraie punition du bon Dieu.

– Maman, je t'en prie.

Je tente de l'égayer un peu.

– Je me souviens des galettes de gros poêle, tu sais.

Maman se met à rire.

– Tu les aimais bien chaudes avec beaucoup de beurre.

– Et tes cousines, maman ?

– Leur mère les avait abandonnées. Vénérance les a élevées. Impossible pour l'oncle Xavier de les élever seul, surtout après son accident.

– Pourquoi m'avoir caché tout ça, maman ?

– Pour préserver l'honneur de tout le monde. À l'époque, les disparitions d'époux et d'épouses étaient une honte.

⁘

Secrets douloureux. Leur silence, leur éloignement, comme boucliers.

Jeunes femmes rancœur, grands-mères amertume.

Je les prends dans mes bras. Petite-fille clémence. Le mal-amour, le désamour, pardonné.

Leur écrire des tabliers de soie, des maris dévoués, des enfants vivants…

…le feu d'un amour authentique.

E4 – 5

Tous les dimanches, après la messe, maman servait son sempiternel rôti de bœuf. Tous les dimanches ! Lors de ces repas dominicaux, mon père racontait la guerre. Sa guerre. Les gens rencontrés là-bas toujours présents dans son souvenir. Le tempérament de madame Brown, l'aristocratie de miss Symonds. Je m'en régalais, en redemandais.

S'il faisait parfois allusion à une bombe tombée sur un cinéma lors d'une projection pour les enfants, il laissait cet épisode en plan. Aucun détail. Il ajoutait seulement qu'il croyait que c'était à cet endroit et à ce moment-là qu'il avait fait sa première crise cardiaque. Et je voyais le cœur de mon papa tout cassé.

Mon imagination se peuplait de lieux et de personnages britanniques. Lorsque papa se levait de table pour imiter l'accent de Churchill, je brûlais du désir de tout connaître de son parcours. Les écrivains oubliés sur les étagères de la bibliothèque de mon enfance m'appelaient à nouveau.

C'est donc décidé. Je pars en Angleterre durant

les vacances d'été. J'irai marcher dans les pas de mon père. J'ai retrouvé son journal de guerre. Les noms et les adresses y sont.

Mes parents ont fait un voyage en Europe lorsque j'étais adolescente et ils ont passé de beaux moments avec les Brown. Ils se font tous vieux. Si je veux les connaître, je ne dois pas tarder. En août, après mon cours, je pars avec une copine. J'ai terminé un premier bac et je commence mon second.

De la part de mes parents, j'apporte en Angleterre le sirop d'érable que les Brown réclament. Mon père veut savoir si je me rendrai à East Grinstead. Selon ses calculs, miss Symonds aurait quatre-vingt-dix ans.

Monsieur et madame Brown nous attendent à Heathrow. Maud, contente de me rencontrer, raconte que, durant la guerre, maman lui faisait parvenir des bas de soie. Cadeau précieux en ces temps difficiles. Un jour, un paquet arrive. Elle enfile vite ses bas et cours partout dans Londres pour les faire voir tellement elle est heureuse. Alors que les bombes tombent un peu partout, Maud s'exclame à qui veut bien l'entendre qu'elle porte sur elle le Canada venu à la défense des Britanniques.

– *I met your father in a pub. The waiter short-changed him when he ordered a beer. I gave that waiter bloody hell. This Canadian has come to help and you steal from him? Shame on you! Since the barracks were full, your dad was looking for a catholic church where he could find shelter. No rectory for those who help, I said. You will stay with us.*

Dans leur modeste appartement, Maud me sert une immense tranche de jambon bien rôti.

– *Just the way your dad liked it.*

Londres et son élégant *Big Ben*. J'y reviens tel que promis.

Sur le plancher de l'Abbaye de Westminster, je repère la dalle mortuaire de Robert Browning, 1812-1889. Je m'y recueille.

– *Robert Browning, here, upon your grave, across the sea and beyond time, I give you back the beauty of your work.*

Je me remémore *Porphyria's Lover*, appris en Caroline du Sud avec Rowena. J'en fais cadeau à son auteur.

The Rain set early in to-night,
The sullen wind was soon awake,
It tore the elm-tops down for spite,
And did its worst to vex the lake:
I listened with heart fit break,
When glided in Porphyria…

Chimère pyromane. Déflagration dans mon aujourd'hui. Décombres fumants des cahiers sourds, des pages absentes. Combustion spontanée. Enluminure dorée sur silence de cathédrale.

Porphyria's Lover, long monologue dramatique que je récite aux feux rouges, dans la cour de récréation, dans les réunions ennuyeuses, pour me noyer dans le Beau. Je sors de l'église du couronnement les larmes aux yeux, le cœur igné.

Convulsion d'avenir.

Chaleureux adieux aux Brown.

À Victoria Station, nous prenons l'autobus pour East Grinstead.

Petite ville charmante. Au B&B, sur Saint Edward

Close, je raconte à Mary ce qui m'amène en Angleterre. Les soldats du Corps médical canadien étaient logés à l'hôtel Crown. Miss Symonds ? Décédée récemment, croit-elle. Il faudra vérifier auprès du journal local.

Mary organise une rencontre avec une dame d'un certain âge, infirmière à la Croix-Rouge durant les conflits. Nous rencontrons Dot dans un *pub* devant le Crown. J'ai une photo de papa en uniforme lorsqu'il était jeune. Je la lui montre. Elle ne le reconnaît pas, mais elle se souvient d'un Canadien présent lors du bombardement du cinéma. Cet épisode violent dont mon père racontait à peine quelques fragments.

L'ennemi bombarde East Grinstead. Une bombe frappe le cinéma. C'est un samedi, lors d'une matinée pour enfants. L'alarme est déclenchée. Papa accourt. Avec d'autres soldats, il se fraie un chemin dans les débris. L'opération de secours révèle des enfants déchiquetés.

– *We heard the sirens and we ran. The cinema was burning. We hoped to find survivors in the rubble. A soldier lifted pieces of debris. He was Canadian. He grabbed his chest. I recognized the symptoms. Heart attack. But he wouldn't stop; he pulled children out, a leg, an arm at a time.*

Dot cesse de raconter. Elle n'ira pas plus loin dans les détails de l'horreur. Elle regarde la photo de mon père à nouveau.

– *Yes, it could have been your father.*

Non. Elle ne connaît pas miss Symonds.

– *The British made their war effort, you know. When there was no more room at the Crown, the citizens took in the Canadians.*

Dot et sa bière noire. Une histoire à raconter à mon père.

Ma copine, Estelle, me remet mon objectif devant les yeux.

– Tu as l'adresse, tu connais le nom de la maison, pourquoi ne vas-tu pas voir ?

– J'aurais aimé rencontrer miss Symonds, pour mon père surtout.

– Tu n'as pas eu d'appel du journal.

– Non, mais…

– Va voir, au moins. Tu prendras une photo de la maison si elle existe toujours.

– Bon, d'accord.

Nous cherchons *St Guthlac* sur *Windmill Lane.* Nous trouvons la rue. Et sur une clôture vermoulue : *St Guthlac.* Mon cœur galope. À mes tempes, les veines s'affolent, bleu porcelaine.

– Regarde, une fenêtre est ouverte. Il y a quelqu'un. Va frapper.

– Mais non, voyons.

– Vas-y.

– J'ai l'air fin. Frapper à la porte d'une maison inconnue en Angleterre !

– Vas-y, vas-y.

Sur une profonde respiration, je m'approche et frappe. Une vieille dame voûtée aux cheveux blancs ouvre la porte.

– *Good afternoon. I am a visiting Canadian. According to my father's recollection and war diary, he was a guest of Miss Hilda Symonds, at St Guthlac, on Windmill Lane.*

Elle me regarde curieusement.

– *I'm Hilda Symonds.*

Je tremble de la tête aux pieds.

– *What was your father's name?*

Je prononce le nom de mon père à l'anglaise.

– *Roland.*

Elle se prend la tête à deux mains.

– *My God, my God. My dear Roland. Oh dear, dear Roland.*

De sa poche de veston elle retire un mouchoir à carreaux et essuie les larmes qui coulent déjà.

– *You are his daughter?*

– *Yes, Miss Symonds.*

– *Come in, come in, dear girl.*

Estelle et moi entrons chez miss Symonds. Elle me parle de mon père, me montre sa chambre à coucher, m'indique sa place à la table. Pendant une bonne heure, elle se remémore son cher Roland. Je prends des photos d'elle et de la maison.

Dans les effluves de cette heureuse rencontre, nous revenons au B&B.

– J'ai le goût de téléphoner à mon père.

– Non, tu ne peux pas lui raconter cette histoire au téléphone, voyons.

Estelle a raison. Il faudra attendre le retour.

Quel dommage. Je n'ai pas demandé à miss Symonds d'écrire un mot à papa. Trop bouleversée, je n'y ai même pas pensé. Occasion précieuse ratée. Au moins, j'ai des photos.

Le lendemain, au retour de Brighton, Mary m'annonce que j'ai eu un appel. Miss Symonds m'invite.

– *For tea. Tomorrow, four o'clock.*

Elle a téléphoné ? Je ne lui ai pas dit où j'habitais.

– *You left something at her place and she asked her*

neighbour if she knew anyone who had a B&B. Happens to be my friend!

Je porte ma petite robe noire à pois blancs, Je veux faire honneur à mon père. Cette fois, je ne manquerai pas ma chance. Je vais demander à miss Symonds un billet écrit de sa main. J'arrive avec un bouquet de fleurs. Elle m'ouvre et tout de suite admire ma robe.

– *What a lovely frock, my dear.*

J'entre et prends place à l'endroit où mon père prenait ses repas. Il y a un album photo sur la table et une enveloppe. Miss Symonds tourne les décennies avec les pages.

– *There's your father.*

À mes oreilles : *fââââther.*

1941. Lors d'une trêve, papa fait les foins avec la famille de miss Symonds. Il tient la bride d'un cheval. Elle soulève la photo et la met dans l'enveloppe.

– *A note and the picture for my dear Roland. Please bring this to Canada for him.*

Les vacances se sont achevées sur un miracle.

Le trajet du retour est long. Après tout un océan, je vais remettre à mon père un message qu'il n'attend pas.

À la maison, papa, nerveux, m'interroge.

– Tu as vu les Brown.

– Oui, papa.

– Ils vont bien ?

– Maud oui, mais Les est malade.

– Ah.

– Ils vont téléphoner bientôt.

– Es-tu allée à East Grinstead ?

– Oui, papa.

Je lui remets l'enveloppe. Il hésite. Maman s'approche de lui sur le divan. Mon père tourne et retourne l'enveloppe. Il me regarde.

– C'est pour moi, le plus beau des cadeaux, papa.

Il triture l'enveloppe. Enfin, il l'ouvre. Il voit la photo. Déplie la lettre. Il reconnaît la signature de miss Symonds. Il hésite, la replie et la donne à maman.

– On lira ça ensemble plus tard, sa mère.

Il se met à pleurer. Maman l'entoure de ses bras. Je fais de même.

Papa comprend. Mon geste témoigne de l'importance qu'il occupe dans mon cœur.

– Elle est toujours vivante.

– Tu avais raison. Elle a quatre-vingt-dix ans. Et elle a pleuré quand j'ai prononcé ton nom.

Mon père se cache la figure de ses mains. Il sanglote. Ses souvenirs déferlent et flamboient.

Le feu de mon enfance poudroie de toutes ses cendres. Pour chanter, il attend que je remise mes craintes et mon impardonnable infidélité.

Il crépite dans les larmes de mon père.

E4 – 6

Une lecture renversante déclenche l'acte d'écrire. Une prose chétive et hésitante cogne à la porte du cœur. C'est le moment tant attendu. Au bout du crayon une phrase gicle, un paragraphe jaillit, un jeune personnage court à grandes enjambées, tombe, s'écorche un genou, renifle, et se remet en chemin vers son avenir sur des pages impatientes, qui s'allument, qui rient, babillent, gazouillent, se pardonnant, ici et là, barbots et gribouillis pour finir par chanter. Do, ré, mi, fa, sol, la, si, do.

Et hop, l'enfant que j'étais débarque avec ses tire-bourres, sa robe de première communion, ses dictées impeccables et ses larmes d'arithmétique. Poupée miniature, elle s'assoit sur mon écran d'ordinateur en frappant des talons, m'incitant à la suivre, que je le veuille ou non.

Son personnage s'appelle Mirabelle, non, Mirabeau parce qu'elle porte une redingote, une cravate et un chapeau rond, *Vive la Bretagne, un chapeau rond, Vive les Bretons*! Mirabeau-Mirabelle. Trop long. Beau-Belle, alors.

Beau-belle. Oui, il y a quelque chose de beau en elle. Une petite voix qui refuse de grandir, de mal grandir. Qui accepte de grandir, mais à condition. À condition qu'on ne lui enlève rien, qu'on ne froisse pas ce qui se prépare en elle, ce qui voltige et volette, imprécis, comme une mousseline portée par un souffle estival.

La petite s'invente une fable contemporaine à sa mesure, à son goût. Elle en oublie les points et les virgules. Elle livre bataille aux esperluettes et fourre des traits d'union partout comme dans le missel de sa première communion.

Il é-tait un pe-tit na-vi-re qui n'a-vait-ja-ja-ja-mais na-vi-gué, oé-oé tout rond, comme deux œufs collés pour se réchauffer.

Avec les mots de son cahier BM, elle bat des ailes pour sœur Marie-du-Précieux-Sang. Une parole a-t-elle des ailes ? Un mot peut-il s'envoler, graine au bec pour aller nourrir ses petits ou couver ses œufs oé-oé au chaud dans leur nid ?

Un titre ébouriffant pour mère Saint-Bernard, tiens. Elle écrit pour son Baudelaire défendu, pour toutes ces femmes qui rêvent d'écrire un jour. Pour ses trépassés bienheureux. Elle s'amuse, et il m'est impossible de la retenir, de freiner sa fougue si longtemps retenue. Elle trépigne de confusion, fait des anacoluthes, des discontinuités, des ruptures de sens sans faire de fautes d'orthographe. Elle se l'imagine, son orthographe, et elle s'accorde alors toutes les permissions, syntaxiques et grammaticales.

Parfois, il y a des synonymes qui se contredisent, des antonymes qui se marient.

Frustrée, elle gomme une phrase, la recommence et sort la langue d'effort soutenu. Lorsque je prends une pause, c'est l'insurrection. Elle en veut encore, et encore, et tout de suite, et plus vite, plus serré, plus, plus, plus. Je me dépêche car son cœur fait Badaboum.

Elle me fait la leçon :

La crainte est le plus redoutable des parapets. Il faut occire cette malfaisante en soi. Il faut en boucher la cavité au cœur avec une volonté de ciment. Capituler serait la fin du monde.

Elle termine ce paragraphe à bout de souffle et en ébauche un nouveau, car ce n'est pas encore ça. Je la prie de me donner un répit, mais elle est sans miséricorde. Non, pas maintenant; pas tout à l'heure non plus. Flanquée de son Grand Meaulnes amoureux, elle tient dans ses bras sa tortue, son ti-toiseau et son hibou de feu. Pour le Chat Botté, elle invente un chat qui parle, Jérémie de Roncevaux : un vrai monseigneur qui se prélasse et ronronne sur la page. Elle m'épuise, m'éreinte, me torture de ses exigences et me chicane, chicane, chicane. Elle marche d'un pas ferme et fredonne *La poulette grise*. Son cœur de feu danse, valse, ralentit soudain et fait, ultimo, la révérence. Elle saute sur mon bureau, essoufflée, échevelée. Voilà ! Elle a terminé pour aujourd'hui.

Et moi ? Je nage dans une euphorie indicible.

Tout l'été.

Un matin de brouillard, je me demande s'il y a un

monde au-delà de cette épaisseur grise. S'il y en avait un, serait-il comme celui-ci ? Les arbres pousseraient-ils à l'endroit ou à l'envers ? Est-ce un dieu quelque part qui aseptise sa création pour nous en révéler une toute nouvelle ? Serait-ce un monde sans mal, sans guerres, sans peines d'amour ? Je retourne cette question dans tous les sens. J'attribue ce questionnement au personnage. Je lui accorderai un arbre qui pousse à l'envers, au tronc dont les racines se perdent dans le ciel. Égarée dans le brouillard de l'écriture, je dépoussière mon monde d'autrefois pour en faire une fête foraine, un paradis inédit. Je me cherche une langue, je m'improvise un parler sorti tout droit de mes rêves, j'échafaude un univers qui me tiendrait lieu d'existence, un monde à ma portée, à ma façon de l'appréhender, une fantaisie où je pourrais voir ce qui n'existe qu'aux confins de l'entendement et revenir le déposer sur la page.

Mirabelle devant la fable, la légende qu'est le monde. Son monde, en ce matin blanc comme une page.

Le bonheur et la félicité de mon enfance.

Apologue absurde. Personnages rocambolesques. Un chat qui pense. Le Temps qui parle. Jolie bluette, fiction folichonne, démobilisation des sens. Une orange pressée, un fruit défendu croqué. Enfin.

Et j'ai pressé sur la commande *Imprimer*.

Fidélité tardive ou feu follet.

Épisode 5

J'aimerais vous écrire en couleurs,
Par « écrire en couleurs » je veux dire :
rendre hommage à cette vie dont les chars en feu
paradent sous nos yeux obstinément clos.
Christian Bobin, *La grande vie*

E5 – 1

Orpheline de parents, de carrière. De vouloir. Savoir. Pouvoir. À moi d'inventer une nouvelle façon de fréquenter les cafés.

Journées longues et soirées interminables. La perte de tout repère me mine comme jamais ne l'a fait le travail. Je tourne en rond, un animal en cage. La solitude me néantise. Il faut que je retrouve, quelque part, une étincelle, une escarbille. Mes jours rejoignent mes nuits au bord du crépuscule. Monotonie urbaine sans lendemain. Je sombre. Je lis, je lis, je lis.

De beaux voyages, mais jamais au-delà des frontières connues. Or, ma mappemonde se trouve ailleurs, dans l'au-loin que mon père cherchait avec moi sur la carte. J'ai abdiqué devant l'enfant qui rêvait d'écrire, l'adolescente qui lisait *Les fleurs du mal* et l'enseignante couronnée de succès.

Et puis non, je n'ai pas abdiqué. Il y a bientôt dix ans, je l'ai écrit, mon petit roman chantant et j'y ai pris un malin plaisir. Pour en faire quoi, au juste? Rien. Rien du tout. Pour tenir une promesse. Pour faire taire une voix d'enfant. La copie est quelque part dans une boîte. Depuis, mon ordinateur de l'époque est mort de sa belle mort, emportant tout ce que j'y avais sauvegardé.

Pourquoi ne pas tenter l'expérience à nouveau? Entreprendre une nouvelle expédition de l'ici blafard vers l'ailleurs exotique? À la retraite, j'ai tout mon temps. Et dans mon pays, ma province, dans ma langue, il y a plein de femmes qui écrivent maintenant.

Le feu ne s'est pas éteint. Il couve. Quel nom donner à cette turbulence, à cette trépidation obsessive?

Julien, un jeune homme qui travaillait dans ma classe, qui m'incitait à écrire, est revenu dans les parages, un doctorat sous le bras. Il veut savoir si j'ai écrit, si j'écris. Il veut me lire. Ah non, mon cher jeune homme. Avec un doc à son compte, il m'intimide. Je ne vais pas lui étaler mes griffonnages. Pas question.

Il insiste.

Non.

⁂

Une petite flamme-joie jaillit, me redonne un peu de souffle. Divertissement par excellence. Relégation de cahiers et de ressassements stériles.

On m'offre un rôle dans une série télévisée. Quel plaisir que de jouer une mégère. Thérapeutique! Ma hantise est écartée pour le moment. Remise à demain, au futur, à jamais.

Au théâtre, il fallait apprendre un texte et un personnage, les répéter tous les jours de production, savoir les déclencher, les nuancer, les élever à leur paroxysme et les mener à bon port. Ici, c'est plus chaotique. Il n'y a pas de suite. Méli-mélo sympathique. On me trouve comique, car rien ne m'arrête. À tout bout de champ, c'est : Coupez !

Dans un magasin, une dame s'approche.

– Madame ?

– Oui ?

– C'est vous, Paulette ?

– Paulette ?

– Paulette, oui.

– Non, je ne m'appelle pas Paulette.

– Oui, oui, c'est bien vous. Je vous ai reconnue.

– Reconnue ?

– Je vous ai vue à la télévision.

– Ah, cette Paulette !

– Vous étiez tellement déplaisante. Vous n'êtes pas comme Paulette, j'espère ?

J'éclate de rire.

– Non, madame, pas du tout.

Elle me serre la main et me raconte tous les personnages et leurs problèmes comme s'ils étaient membres de sa famille.

– J'ai ben hâte de voir le prochain épisode.

Que de bon temps sur ce plateau.

⁂

Toujours la même rengaine, inépuisable. Incessant concerto de si, de peut-être, de oui mais, de pas possible. Pourquoi ce repli devant le beau risque. Celui du texte. Un risque plus dangereux, plus hasardeux ? Plus téméraire ?

Sentir la crainte, l'épouvante, et ne pas reculer. Se hasarder en territoire inconnu. Vivre autre chose, autrement. Avec conviction, assurance. Pour aller où? Comprendre quoi, au juste? Pour cheminer vers quel autre émerveillement?

Le serpent du doute siffle toujours. Occire ce serpent.

J'aimerais être fourbue d'écriture. *Pour Beau-Belle, être fourbue est symbolique. C'est parce qu'il s'est passé quelque chose de franc entre elle et la page.* Non mais, dans quel état d'esprit étais-je pour écrire de telles phrases?

Je voudrais qu'il se passe quelque chose de franc entre la page et moi. Quelque chose de flamboyant. Une expérience audacieuse. Courageuse. Comme celle de mon vieux petit roman chantant. Que j'assume une fois pour toutes ce qui est en train de me consumer.

J'ai acheté un nouveau cahier.
Juste pour voir.
Oiseau de haute voltige penché sur la page blanche.
Attendre la folie.
L'incandescence.

Qui hurle mon nom.

E5 – 2

Dans mon rêve, je suis assise sur un banc à trois places dans un bureau quelconque. Maman est assise à côté de moi. Par la porte vitrée du bureau, j'aperçois Mononklabbé. Il entre dans la pièce. Il est habillé de noir, sans soutane, mais il porte son collet romain. Il arbore un Fedora blanc à ruban noir. Il est beau, jeune. Il s'assied à côté de nous.

– Maman est là, mon oncle. Vous pouvez lui dire votre secret.

Mon oncle rit.

– Si vous voulez, je peux quitter la pièce, mais c'est le moment pour vous de lui dire ce que vous n'avez pas réussi à lui confier, autrefois.

Mon oncle rit.

– Maman, regarde, mon oncle est là. C'est le moment de lui parler.

– Je ne le vois pas.

– Mon oncle, manifestez-vous, maman ne vous voit pas.

Mon oncle rit.

– S'il a quelque chose à me dire, qu'il se montre ou je quitte la pièce.

Il regarde maman.

– Non, maman, ne pars pas.

Elle se met en colère.

Mon oncle rit.

– Maman est fâchée, il faut lui parler maintenant.

Mon oncle rit.

– Je vous en prie, mon oncle, j'ai trop longtemps porté ce poids avec elle. Parlez-lui.

– Il est toujours là ?

– Oui, maman, il est là à côté de toi.

Elle cherche son beau-frère.

– Je ne le vois pas, je ne le vois pas.

Mon oncle rit, à gorge déployée. Il se lève.

– Non, non, ne partez pas, Mononklabbé.

Il soulève son chapeau en guise d'au revoir et sort par la porte vitrée.

– Je reviendrai mardi.

Maman pleure. Je suis déçue.

À mon réveil, j'ai l'intuition que je mourrai un mardi.

De son vivant, j'ai un jour raconté ce rêve à ma mère.

– Il ne fallait pas que je le sache, je crois.

Et je n'ai plus jamais rêvé à Mononklabbé.

« Potron-minet ». C'est ma cousine, fille de la chapelière, qui m'avait appris ce mot. Durant les années de ma carrière, nous ne nous sommes pas beaucoup fréquentées. Je la retrouve maintenant. Elle est plus vieille que moi d'une bonne dizaine d'années. De fil en aiguille, nous parlons de notre enfance, des tartines au beurre et à la cassonade dont elle me régalait. Nous parlons de notre grand-mère Anna, de Mononklabbé.

– Maman a beaucoup souffert d'être arrivée trop tard à l'hôpital, tu sais. Elle n'a pas appris le secret qu'il voulait lui révéler.

– Ah, le secret. Je le connais, ce secret, moi.

Je suis sidérée.

Et elle me le raconte.

Maman avait raison, il ne fallait pas qu'elle le sache.

Ce vendredi soir. Nous préparons un petit gueuleton entre cousines. Je suis tracassée, mais je ne laisse rien paraître. Je n'en dors pas de la nuit. J'ai mal à l'innocence.

Le dimanche matin, le fils de ma cousine m'annonce que sa mère a subi une embolie cérébrale durant la nuit suivant ma visite. Ses heures sont comptées.

Thérèse est décédée mardi matin. Mon oncle avait dit vrai. Dès que son secret a été dévoilé, il est revenu.

Un jour je vous écrirai, Mononklabbé. Sans dévoiler votre secret, je vous ferai vivre sur la blanche vérité de mes pages. Vous les allumerez comme vous avez ensoleillé mon enfance. Je vous écrirai resplendissant.

Un hibou fulgurant dans vos bras.

E5 – 3

Julien en est devenu agaçant. Il persiste, insiste, supplie. Comme si j'allais céder.

– Je ne céderai pas, Julien. Oublie ça, mon ami.

– Laisse-moi lire ton manuscrit.

– Non.

– Tu l'as écrit pour quelle raison, alors?

– Pour m'amuser. Relever un défi. En hommage à une tortue. Pour rien. Ce n'est même pas un manuscrit.

– Je le lirai.

– Tu ne le liras pas.

– Où se trouve-t-il?

– Aucune idée. Je l'ai rangé il y a dix ans.

– Je le chercherai.

– Non, mais… tu es sourd?

– Je veux lire ton texte.

– Écoute, Julien. Ce n'est ni un texte ni un manuscrit. C'est un jeu, un songe, de la fumée. J'ai payé une dette, pour ainsi dire. J'ai tenu une promesse, sur le tard, mais je l'ai tenue. Voilà l'important.

– On peut chercher ensemble si tu veux.
– Arrête ou je t'égorge !

✣

Julien n'abandonne pas. Alors j'ai fouillé. Et j'ai encore fouillé. Et j'ai trouvé. Une grande enveloppe. Avec un titre. L'ouvrir ? Non. Mains fébrilité. Doigts enfièvrement.

Il faut lui fermer la margoulette, au beau Julien. Il faut finir par en finir pour qu'il me fiche la paix.

Enveloppe froissée par le temps et l'oubli. Sur la table de la salle à manger. Plusieurs semaines.

Le risque. Toujours le risque.

– J'ai trouvé l'enveloppe, Julien.
– Tu me la laisses ?
– Oui. Pour te fermer le clapet. Et à une condition.
– Laquelle ?
– Aucun commentaire. D'accord ?

✣

C'est Julien au téléphone.

– J'ai lu.
– Bon, alors, tu me remets l'enveloppe.
– Tu as une autre copie du texte ?
– Non, c'est la seule.
– Je ne te la remets pas.
– Je ne comprends pas.
– J'en fais une copie et je l'envoie à une maison d'édition.

– T'es malade, ou quoi ?
– C'est un bijou. Il faut publier ce texte.
– …
– J'ai une maison d'édition en tête.
Je me mets à pleurer.
– Non, Julien, ne me fais pas honte.
– Un bijou, que je te dis. Tu me connais. Je le fais.
Oui, je le connais. Julien est sérieux.
– Je t'implore, Julien. Ne fais pas ça.
– Je l'envoie.
– Tu me remets cette enveloppe ou notre amitié prend fin.
– Des menaces, des menaces. Je l'envoie, un point c'est tout.
J'essuie mes larmes. Jamais je n'aurais pensé que Julien me ferait un tel coup bas. Il ne démord pas. Que faire ?
– Change mon nom.
– Changer ton nom ?
– Change mon nom. Personne ne doit savoir qui je suis. Non mais, tu ne vas pas me faire une chose pareille.
– Tu veux quoi comme nom de plume ?
– Nom de plume ?
– Ça prend un nom sur un manuscrit.
Je tremble, je pleure.
– Julien, je t'en prie, ne fais pas ça.
– Nom de plume ?
Prise au dépourvu, je cherche. Je me mouche.
– Euh… Écoute, il y a un personnage de Virginia Woolf que j'aime bien.

– Lequel ?

– C'est un homme, c'est une femme et ce personnage traverse le temps. C'est un peu ça un écrivain, non ?

– Son nom ?

– Orlando.

– Je fais une copie et une nouvelle page couverture avec le nom Orlando.

– T'es un beau salaud, mon Julien.

– Moi aussi je t'aime. Bye !

Pendant des semaines, je ne pense qu'à Julien et à sa bêtise de tous les temps. Je voudrais reculer dans le temps. Ne jamais lui avoir permis de lire ce texte.

⁂

C'est encore lui. Qu'est-ce qu'il me veut cette fois. J'espère qu'il a renoncé à son projet ridicule.

– J'ai reçu un appel.

– Ah bon ?

– Ils veulent savoir qui est Orlando.

– Ah bon ?

– Ils croient qu'un auteur connu se cache derrière ce nom de plume. Ce travail est trop bien réussi pour qu'il provienne d'un nouvel auteur.

– Un nouvel auteur ?

– Oui, toi !

– Julien, pour l'amour du saint ciel, arrête de déconner.

– Je ne déconne pas.

J'étouffe. C'est un coup de poing au ventre, au

cœur. Je me remets à pleurer.

– Ne pleure pas, sois contente, ton rêve se réalise.

Je vais m'évanouir.

– Tu… tu ne leur as pas donné mon nom, hein ?

⁘

Nous allons casser la croûte ensemble. Histoire de nous rattraper dans les nouvelles. Théâtre, télé, n'importe quoi pour contrer mon agitation, pour éviter qu'il parle de ce dont je ne veux rien savoir. Je fais des blagues à tout propos. Julien ne rit pas. Il me sourit :

– Bon, arrête tes conneries.

– Mais quoi, tu es de mauvaise humeur ?

– J'ai la permission de te le dire.

– De quoi tu parles ?

– J'ai la permission de te dire que ton texte sera publié.

– Julien, arrête de faire le fou.

– Ton texte sera publié.

En plein restaurant, je me mets à pleurer. Je laisse tomber ma fourchette. Je ne peux plus rien avaler. Je déglutis.

– T'es sérieux, là ?

– Très.

Il nomme la maison d'édition.

– Julien, qu'est-ce que je fais ?

– Tu attends le contrat !

– C'est pas vrai.

– C'est vrai !

⁘

J'attends. Incrédule.

La sécheresse gratifiée de fécondité? La moisson des champs autrefois labourés. Le bonheur à bristol débarqué en smoking et souliers vernis? L'envers des horizons, des perspectives colorées et naïves d'une enfant? Délire ou genèse.

Fracas. Débâcle-révolution dans mes os.

⁘

Une lettre, adressée à mon nom. Le logotype d'une maison d'édition.

Vulnérabilité cousue de la dentelle de l'épouvante.

Les conséquences du risque.

La peur du vide.

La maison d'édition accepte de publier mon *fort bel ouvrage*.

Ex abrupto:

un ange d'argent aux ailes déployées, la rivière et ses cerises, une femme et son enfant d'eau, un voile de première communion, le chapelet, le mal et la fièvre, leur fuchsia sur mes joues, *Patrovite* lentement, lentement, un enfantelet et Robert Browning, les bras de Linda, papa chicane, chicane, chicane, quelques pas, retour à l'école, le gazouillis d'un ti-toiseau, l'enclume de l'Oncle Xavier, Mononklabbé, son Fedora levé, son hibou rougeoyant, Anna et Vénérance, leur amour authentique, l'endurance, le courage des mathématiques, les trois petits cochons, Baudelaire et les p'tites culottes, l'album photo d'une inconnue, ses pages Afrique, Martin Luther King, *I have a dream,* le sang d'un héros, une balle perdue dans un ghetto inoubliable, *Jocelyn* à Charleston, Germaine et ses timbres, une mégère en gros plan, des enfants, petits et grands, des salles de classe, des salles de classe, des salles de classe.

Les trépassés, debout sur leur marbre æternam.

Orlando traverse le siècle.

Fiers, mon père et ma mère sont à nouveau vivants.

Afflux de sang. Sous mon nez, dans mes mains.

Je serai publiée dans ma langue, dans mon pays.

Mes larmes racontent une maladie d'amour vieille de plus de cinquante ans. Le feu entonne son ancien cantique. Il consume la fièvre, le mal, l'oubli, les secrets et la mort.

Je redeviens la femme-flamme.

Je suis l'enfant-feu.

Hommage

Lors d'une série d'ateliers de création littéraire, j'ai raconté *Patrovite* aux participants. Une dame, très intéressée, a longtemps fouillé sur Internet pour retrouver cet album illustré, sans succès.

À bout de ressources, elle communique avec Archives Canada. La préposée est emballée par cette histoire de tortue, d'écriture et de publication.

L'auteur de *Patrovite*? Inconnu. La maison d'édition? Inconnue. Elle fait des recherches à son tour.

À l'occasion du dernier atelier et pour avoir si bien préparé ma venue, j'offre une tortue de porcelaine à cette dame. En retour, elle m'offre, elle aussi, un cadeau.

C'est *Patrovite*!

La reliure est usée et abîmée. Il n'y a pas de nom d'auteur, seulement cette indication: «*Librairie André Dussault, Ltée, Montréal, Canada*».

Patrovite a été retrouvée par Archives Canada dans une boutique de vieux livres à Lyon, en France. À la deuxième de couverture, un autocollant y est déchiré.

On peut tout de même y lire « Année 1955 » et « Distribution des Prix ». À la ligne suivante, écrit à la main, le mot « Mention ». Le reste n'y est plus.

Je tiens à remercier ces dames qui, séduites par la tortue de mon enfance, ont su retrouver cet album plus de cinquante ans plus tard. Je leur suis d'une profonde reconnaissance.

M. V.

Table des matières

www.ingramcontent.com/pod-product-compliance
Ingram Content Group UK Ltd.
Pitfield, Milton Keynes, MK11 3LW, UK
UKHW032046260826
14628UKWH00008B/3202

9 782894 239667